Franjo Terhart

Das Geheimnis der stummen Krieger

Ein Abenteuer aus dem Alten China

dtv junior
Tigerauge

Schau mit dem Auge des Tigers!

Sei wachsam und mutig, denn auf Dich warten große Abenteuer. Tauch ein in die Welt der Ritter! Du bist dabei, wenn Mammuts gejagt werden! Du erlebst, wie ein Schatz aus der Tiefe des Meeres gehoben wird! Sei neugierig auf die Welt und entdecke ihre Geheimnisse in spannenden Geschichten. Willst Du noch mehr erfahren? Dann schau genau hin: In den vielen Bildern steckt eine Menge Wissen zu Deinen Lieblingsthemen. dtv junior Tigerauge – das sind Bücher für Kinder mit Durchblick.

© privat

Franjo Terhart, 1954 in Essen geboren, unterrichtete einige Jahre Latein und Philosophie, ist seit 1985 für den WDR und verschiedene Zeitungen tätig und arbeitet seit 1990 als Kulturbeauftragter der Stadt Neukirchen-Vluyn. Inzwischen sind eine Reihe historischer Sachbücher und Jugendbücher von ihm erschienen. Weitere Bücher von Franjo Terhart bei dtv junior: siehe S. 6

© privat

Volker Fredrich, geboren 1966 in Mühldorf am Inn, studierte an der Fachhochschule Hamburg Illustration. Seit 1996 arbeitet er als freier Illustrator für zahlreiche Kinder- und Schulbuchverlage. Für dtv junior stattete er bereits verschiedene historische Mitratekrimis aus.

Franjo Terhart

Das Geheimnis der stummen Krieger

Ein Abenteuer aus dem Alten China

Mit Illustrationen
von Volker Fredrich

Deutscher Taschenbuch Verlag

Bei dtv junior sind von Franjo Terhart außerdem lieferbar:
Das Geheimnis der Amphore, dtv junior 70982
Der Sohn des Gladiators, dtv junior 71224
Die Augen der Hydra, dtv junior 71370

Originalausgabe
In neuer Rechtschreibung
Oktober 2009

www.dtv-tigerauge.de
Umschlagkonzept: Ralph Bittner
Umschlagbild: Volker Fredrich
Lektorat: Katja Frixe
Herstellung: Stephanie Lütje
Gesetzt aus der Caslon 12,5/16'
Satz: Greiner & Reichel, Köln
Druck und Bindung: Druckerei C.H. Beck, Nördlingen
Gedruckt auf säurefreiem, chlorfrei gebleichtem Papier
Printed in Germany · ISBN 978-3-423-07724-8

Inhalt

Der schnellste Läufer des Dorfes

»Ehrwürdiger Nachbar Gi Liang, ich bin außer mir vor Wut!«, donnerte die Stimme von Lai Dan vom Garten aus ins Haus hinein.

»So beruhigt Euch doch, ehrenwerter Nachbar Lai Dan! Es besteht kein Grund, sich an diesem schönen Morgen aufzuregen. Die Vögel zwitschern, die Blumen schenken uns ihre schönsten Gesichter. Glaubt mir, wir werden eine Lösung für unser Problem finden!«

Meiling gähnte. Die beiden Streithähne hatten sie unsanft geweckt. Verschlafen stand sie von ihrem Nachtlager auf, blickte zum engen Eingang des Hauses. Dieser stand weit offen. Es war frühmorgens und die Sonne so groß wie ein Wagenrad. Meilings Vater stand auf der Straße und diskutierte wild mit dem Nachbarn, dem ehrwürdigen Herrn Gi Liang. Der alte Mann besaß einen zahmen Fuchs, der jedoch nachts gern unter den Hühnern der Nachbarschaft wilderte. Vermutlich hatte die Fähe ein weiteres Huhn von ihnen gefressen.

»Jetzt reicht es mir aber!«, rief Meilings Vater aufgebracht. »Dieser Fuchs gehört eingesperrt oder noch besser erschlagen.«

Seelenruhig hörte der ehrwürdige Nachbar zu, was Lai Dan wutschnaubend gegen den diebischen Fuchs vorbrachte. Meiling schmunzelte, weil der alte Mann so ruhig blieb, während ihr Vater wie immer aus der Haut fuhr. Die Hühner waren Lai Dans stolzer Besitz und ihre Eier schmeckten köstlich. Doch wenn es dem Füchslein noch öfter nach dem zarten Fleisch der Hühner gelüstete …

Meiling streifte ein knielanges Hanfkleid über den nackten Körper. Dann zog sie ihre Schuhe aus Bambusgeflecht an und überlegte, was als Erstes im Haus getan werden musste. Brot und Gemüse besorgen, frisches Wasser vom Dorfbrunnen holen, Brennholz sammeln. Dabei fiel ihr Blick auf den Sack in der Ecke neben dem Herd. Sie hatte ihn gestern Abend dort abgelegt, nachdem sie auf dem Feld etwas Sonderbares gefunden hatte: eine beschädigte schwarze Tonfigur. Meiling hatte sie eilig in den Sack gesteckt, den sie immer bei sich hatte, wenn sie Kräuter und Pilze sammeln ging. Ein wenig war ihr die Tonfigur unheimlich. Deshalb hatte sie diese nicht am Abend eingehender untersucht, sondern alles auf den heutigen Tag verschoben. Meiling wusste lediglich, dass die kleine Figur einen Krieger des Kaisers zeigte. Zudem besaß sie ein Gesicht, das ihr merkwürdig bekannt vorkam. Aber das wollte Meiling sich lieber im Hellen ansehen. Sie überlegte, ob sie jetzt nach dem Sack greifen sollte. Ach, das hat Zeit, sagte sie sich. Die Sonne würde noch lange am Himmel wandern, bis sie unterging. Dämonen kommen erst bei Einbruch der Dunkelheit, um die Menschen zu erschrecken, hatte ihre Großmutter Lu stets erklärt. Meiling dachte gern an sie zurück. Seitdem Lu vor einem Jahr an einem Schlangenbiss gestorben war, lebte Meiling mit ihrem Vater allein im Haus und musste sich um alle anfallenden Arbeiten kümmern. Ihre Mutter hatte sie nie kennengelernt. Ihr Vater hatte sie angeblich verstoßen, weil sie ihn betrogen hatte.

Meiling ging in eine Ecke des Zimmers, wo ein leerer Eimer stand und eine Tragstange danebenlag. Mithilfe der Stange würde sie den vollen Eimer vom Brunnen zurück zum Haus tragen. Das wollte sie zuerst erledigen. Meiling huschte aus der Tür ins Freie hinaus.

»Sei gegrüßt, Vater!«, sagte sie. »Und seid auch Ihr gegrüßt, ehrwürdiger Nachbar Gi Liang!«

Lai Dan nahm sie gar nicht richtig wahr. Seine Wut hatte ihm offenbar den Blick vernebelt. Gi Liang jedoch nickte ihr freundlich zu. Der Alte wartete geduldig ab, bis sich Lai Dan wieder beruhigt hatte. Erst dann würde er ihm einen Vorschlag zur Güte machen. Vermutlich würde er ihm Geld anbieten, viele Scheiben Geld. Lai Dan würde das Geld annehmen, die Scheiben auf seine Schnur fädeln, dabei aber den Nachbarn noch einmal fragen, warum er den Fuchs nicht längst erschlagen hatte. »Ach, das arme Füchslein. Ich mag es doch so sehr!«, würde der Alte lächelnd antworten.

Meiling lief durchs Dorf, dessen Bewohner bereits alle auf den Beinen zu sein schienen. Ochsenkarren beladen mit Körben rumpelten über die lehmigen Straßen. Händler von außerhalb brachten Waren in das Dorf, um sie zu verkaufen. Gemüse, Eier, Fisch, Fleisch, Soja, Bambussprossen, Kräuter, aber auch getrocknete Schlangen, deren Fleisch begehrt war. Vor einem Haus stapelten sich Käfige mit allerlei Federvieh, kleinen Äffchen und Reptilien. Meiling kam am Tempel des Konfuzius vorbei. Sein Dach war mit Schildkröten und Drachen verziert. Drachen waren Symbole des Glücks und der Stärke. Ihr

Anblick sollte jedem Kraft geben und den Tempel vor bösen Mächten schützen. In diesem Moment stieß sie jäh mit jemandem zusammen, der viel zu eilig um eine Ecke gerannt kam. Fast wäre Meiling zu Boden gestürzt. Verärgert schaute sie dem Tollpatsch ins Gesicht, der schwer atmend vor ihr stand und eine Entschuldigung murmelte. Doch jeglicher Zorn verrauchte, als sie den Jungen erkannte. Es war Cao Pi, Sohn des ehrenwerten Cao Shi, eines angesehenen Offiziers in der großen Armee des erhabenen Kaisers. Schon lange mochte Meiling den schwarzäugigen Jungen und sein verschmitztes Lächeln. Cao Pi galt als der schnellste Läufer im Dorf. Sogar Erwachsenen rannte er ohne Mühe davon. Cao Pi verbeugte sich kurz vor Meiling. Sie kannten sich, weil das Dorf nicht so groß war, dass man in ihm unerkannt leben konnte.

»Entschuldige, Meiling, wenn ich laufe, dann höre und sehe ich fast nichts von dem, was um mich herum geschieht. Nur deshalb habe ich dich beinahe umgerannt. In Zukunft werde ich besser aufpassen. Das verspreche ich.«

Meiling wurde ein wenig verlegen. Es war doch gut, dass Cao Pi täglich trainierte. Eines Tages würde sich sein Fleiß auszahlen. Cao Pi war eine Lauf-

Geld im Alten China

Der erste Kaiser von China, Qin Shi Huangdi, führte einheitliche Bronzemünzen ein, die in seinem großen Reich als Zahlungsmittel dienten. Die Münzen waren rund und besaßen in der Mitte ein quadratisches Loch. Damit konnte man das Geld auf einer Schnur aufreihen, um es besser bei sich zu tragen. Wenn also jemand etwas bezahlen wollte, holte er die Schnur mit den daran hängenden Münzen hervor. Danach zählte er so viele Münzen ab, wie es der Höhe des Preises entsprach. Die Form der Münze mit dem quadratischen Loch blieb fast bis 1930 erhalten.

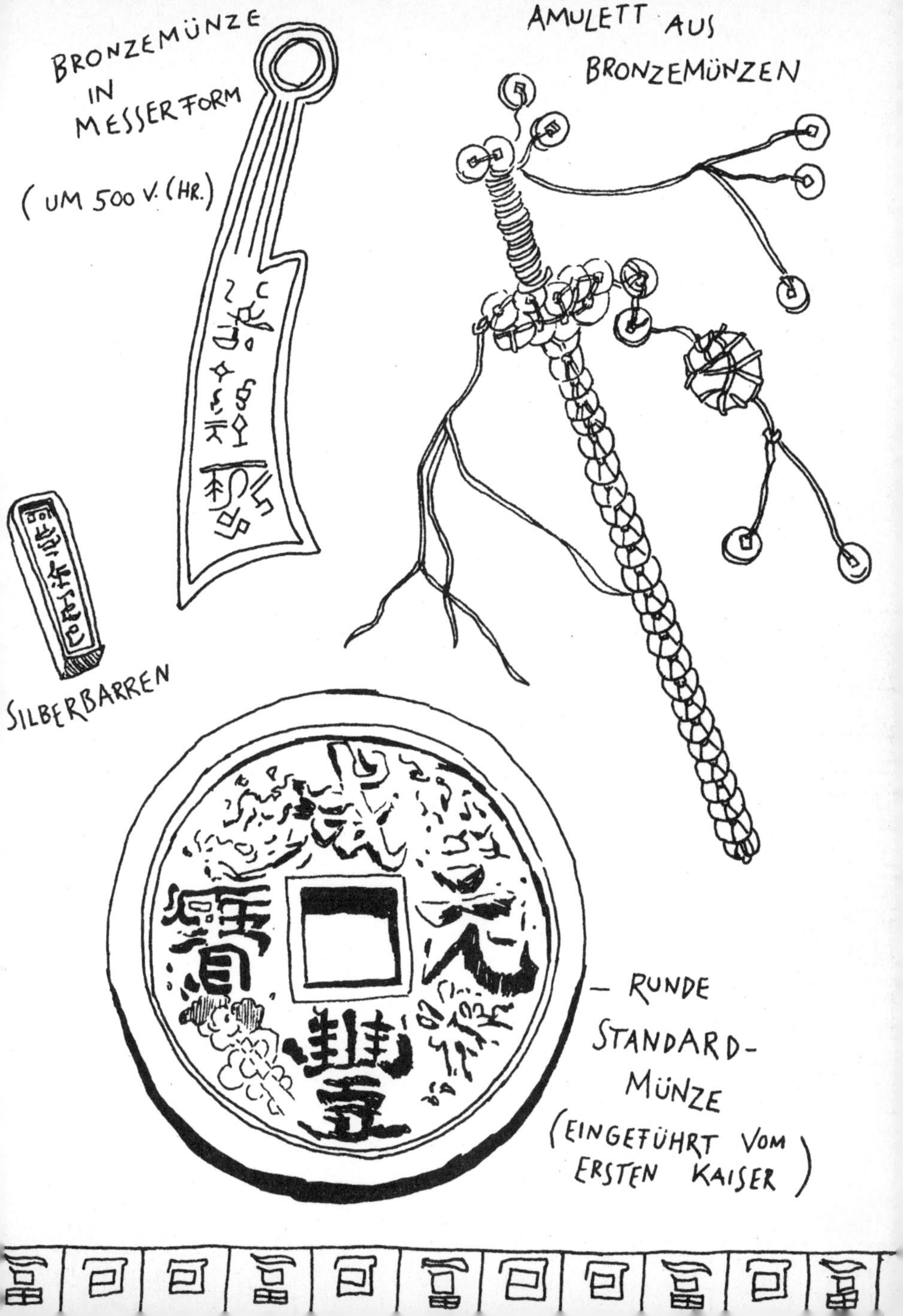
BRONZEMÜNZE IN MESSERFORM
(UM 500 V. CHR.)
AMULETT AUS BRONZEMÜNZEN
SILBERBARREN
RUNDE STANDARD-MÜNZE
(EINGEFÜHRT VOM ERSTEN KAISER)

bahn in der Armee des Kaisers sicher. Der Erhabene brauchte gute und starke Läufer, die Nachrichten von einem Teil seines Reiches ins andere trugen.

»Wer Bambus malen will, muss ihn im Herzen haben, hat meine Großmutter immer betont«, erwiderte Meiling schmunzelnd. »Wer also ein guter Läufer werden will ...«

»Sollte tief im Herzen danach brennen«, fügte Cao Pi hinzu und lachte. »Du hast recht, Meiling. Ich will einmal der beste Bote für den erhabenen Kaiser sein! Für dieses Ziel würde ich mein Leben geben.«

Er war im Begriff weiterzulaufen, als ihn Meiling sanft am Arm fasste. Sie hatte eine Idee.

»Die Götter haben unser beider Wege heute Morgen zusammengeführt«, begann sie. »Du könntest mir vielleicht bei einer geheimnisvollen Sache weiterhelfen.«

Dann erzählte sie dem Jungen von ihrem gestrigen merkwürdigen Fund.

»Ich glaube, das Gesicht der Figur sieht aus wie jemand, den ich kenne. Hier aus unserem Dorf. Willst du es dir mal anschauen?«

Cao Pi wiegte unschlüssig seinen Kopf hin und her.

»Eigentlich wollte ich später noch über die große Straße Richtung Hauptstadt laufen.«

»Das kannst du doch anschließend immer noch tun«, meinte Meiling und blickte Cao Pi auffordernd an.

»Also gut! Dann komme ich vorbei und sehe mir deinen rätselhaften Fund an. Wann soll ich bei euch sein?«

Das lief ja prächtig, dachte Meiling. Sie hatte Cao Pi im Netz, wie der Fischer von seinem Fang sagt.

»Sobald die Sonne am Himmel die Größe eines Tellers hat«, schlug Meiling vor.

»Abgemacht!«, sagte Cao Pi. »Ich werde zur Mittagszeit an eurem Haus ganz am Ende der Dorfstraße sein.«

Meiling nickte begeistert und grüßte zum Abschied. Aber Cao Pi war längst wieder losgespurtet.

Ein nur zu bekanntes Gesicht

Meiling war gerade dabei, das Haus zu fegen, als Cao Pi auftauchte. Er grüßte freundlich. Meiling deutete mit den Händen an, dass er eintreten solle.

»Mmmh, wonach duftet es denn hier?«, fragte Cao Pi.

Meiling stellte den Besen beiseite. »Ich habe Brot geröstet. Magst du?«

»Gerne«, antwortete Cao Pi. Meiling streute eine Prise Zucker über das warme Brot und reichte ihm etwas davon. Sie selbst aß nichts. Während Cao Pi genüsslich das süße Brot kaute, beobachtete Meiling, wie sein Blick durch das kleine Zimmer wanderte. Bei ihm zu Hause war sicherlich alles etwas größer und auch kostbarer eingerichtet. Das lag daran, dass sein Vater in der Armee des erhabenen Kaisers einen gut bezahlten Posten hatte, überlegte Meiling, während ihr eigener Vater hier und da mal als Handlanger arbeitete. Deshalb besaßen sie auch nicht viel. Meiling war es ein wenig unangenehm, dass ihr Haus nur zwei Zimmer besaß. Im hinteren schlief Lai Dan. Vorne gegenüber dem Herd war ihr eigenes Nachtlager. Neben dem Herd befand sich ein Tisch, an dem die Speisen zubereitet wurden. In der Ecke gegenüber, hinter einem abgetrennten Bereich, stand der Nachttopf, den Meiling täglich leeren und säubern musste.

»Dann zeig mir doch mal, was du auf dem Feld so Unheimliches gefunden haben willst«, forderte Cao Pi Meiling auf, nachdem er sein Brot verzehrt hatte.

Meiling blickte ein wenig unsicher zu dem Sack aus Chinagras, der neben dem Herd auf dem Boden lag. Sie war sich nicht sicher, ob sie das Richtige tat.

»Es sieht aus, als ob Magie im Spiel wäre«, hauchte sie.

Cao Pi runzelte die Stirn: »Jetzt bin ich aber wirklich gespannt! Du bist ja schon wie meine Großmutter Hü San. Für sie wird jeder Schatten zum Gespenst oder zum herumirrenden Fluch, der einen arglos treffen kann.«

Zögerlich zog Meiling den Sack aus der Ecke hervor. Wortlos reichte sie diesen Cao Pi.

»Soll ich ihn etwa öffnen? Aber du hast keine Schlange darin versteckt, die mich erschrecken soll?«

Letzteres sollte wohl ein kleiner Scherz sein, doch Meiling war nicht nach Lachen zumute. Sie deutete

Cao Pi an, den Sack aufzuknüpfen und seinen Inhalt herauszuholen. Entschlossen entknotete er den Sack und griff danach beherzt hinein. Mit neugierigem Gesicht holte er eine kleine schwarze Tonfigur heraus. Cao Pi ging mit ihr Richtung Eingang. »Ich brauche mehr Licht, um mir alles genau anzusehen!«

Meiling folgte ihm. Was gut war, denn Cao Pi stieß auf einmal einen Schrei des Entsetzens aus. Dabei glitt ihm die Tonfigur aus den Händen. Wäre Meiling nicht so flink gewesen, sie aufzufangen, die Figur wäre auf den gestampften Boden gefallen und vermutlich in viele Stücke zerbrochen. Ihre Finger hielten sie fest umklammert. Meiling starrte Cao Pi an, der am ganzen Leib zitterte und leichenblass geworden war.

»Zauberei!«, rief Cao Pi erschrocken aus. Meiling wusste nicht, was ihn so sehr aufregte. Jetzt war sie es, die ruhig blieb.

»Was ist mit meinem Fund?«, fragte sie.

»Zauberei. Wirklich üble Zauberei, Meiling!«

Er deutete mit zittriger Hand auf die Tonfigur.

»Ihr Gesicht ist das meines Vaters. Auch wenn das rechte Auge und ein Teil der rechten Wange beschädigt sind. Ich erkenne sein Gesicht trotzdem darin wieder! Diese Figur aus gebranntem Ton zeigt eindeutig meinen Vater. Mein Vater, wie er als Soldat aussieht, als Offizier des Kaisers. Das ist doch Zauberei, oder?«

Neugierig betrachtete Meiling das Gesicht der Tonfigur. Der Ausdruck des Gesichtes hatte sie bereits gestern an jemanden erinnert. Nun war es eindeutig. Ja, das war zweifellos das Antlitz von Cao Pis Vater. Wie war das möglich? Jemand hatte Cao Shi in Ton nachgebildet. Warum? Das war in der Tat höchst merkwürdig. Handelte es sich um Zauberei?

Meiling wusste es nicht. Doch dafür gab es sicherlich Erfahrenere als sie selbst, die das beurteilen konnten. Meiling lächelte Cao Pi an, der mit herunterhängenden Schultern vor ihr stand und der Verzweiflung nahe schien. »Es wird sich bestimmt aufklären lassen, was diese Tonfigur soll. Vielleicht hat dein Vater einem Künstler Modell gestanden? Vermutlich will er deiner Mutter und euch allen ein Geschenk machen. Ich habe eure Nachbarn auf der Straße reden hören, dass Cao Shi nicht sehr oft nach Hause kommt, weil der erhabene Kaiser ihn als Offizier häufig genug braucht.«

Cao Pi nickte eifrig. »Das ist richtig, Meiling. Mein Vater ist viel zu selten zu Hause. Das ist auch nicht so schlimm, weil wir wissen, wie wichtig er dem Gottkaiser ist. Wir sind stolz auf ihn. Aber nun ist Cao Shi schon sehr lange nicht mehr bei uns gewesen. Zu lange, finden wir.«

Meiling legte ihm beruhigend die Hand auf die Schulter.

»Siehst du, Cao Pi, deshalb hat sich dein Vater auch etwas Schönes für euch ausgedacht. Dank dieser Figur habt ihr ihn trotzdem bei euch. Jedenfalls als Abbild.«

»Du willst mich wirklich beruhigen, Meiling«, antwortete Cao Pi dankbar. »Aber selbst wenn du recht hast, findest du es denn nicht merkwürdig, dass diese Figur auf dem Feld herumliegt, zudem beschädigt ist und von meinem Vater weit und breit nichts zu sehen oder zu hören ist?«

Cao Pi hatte den Finger zielsicher in die Wunde gelegt, dachte Meiling. Sie wollte ja auch nur, dass er sich nicht zu sehr aufregte. Denn seltsam war die ganze Sache in jedem Fall.

»Ich werde die Tonfigur meiner Großmutter Hü San zeigen.«

Cao Pi klang entschlossen. »Hü San ist weise, sagt Vater, auch wenn sie zu oft Spuk und Dämonen am Werke sieht. Sie wird deinen Fund vom

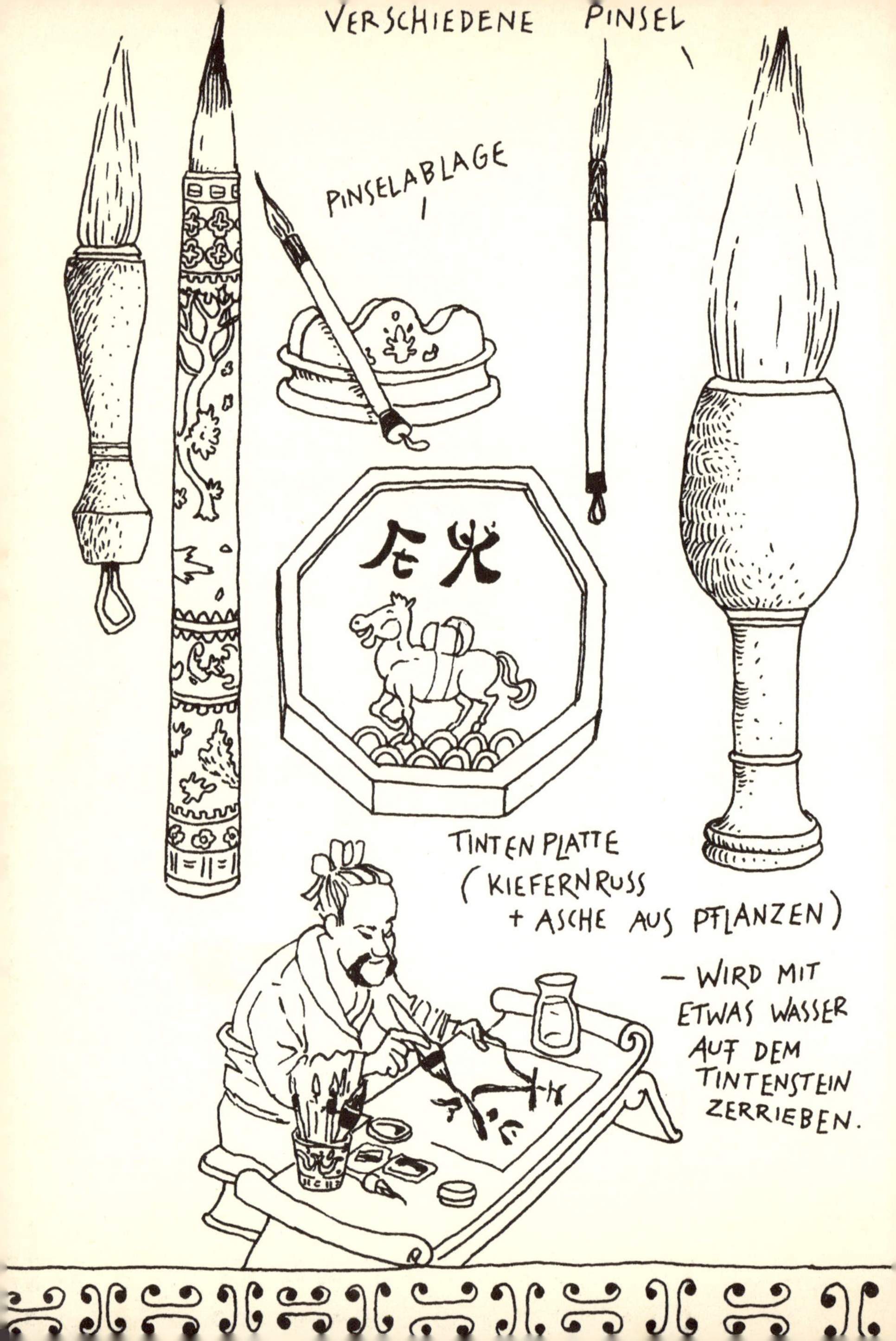

VERSCHIEDENE PINSEL
PINSELABLAGE
TINTENPLATTE
(KIEFERNRUSS
+ ASCHE AUS PFLANZEN)
– WIRD MIT
ETWAS WASSER
AUF DEM
TINTENSTEIN
ZERRIEBEN.

Die chinesische Schrift

Die chinesische Schrift kennt keine Buchstaben, sondern nur Bildzeichen. Es gibt ein Grundzeichen – Radikal genannt – und ein oder mehrere Beistriche. Im Lexikon sucht man zuerst das betreffende Radikal. Dann zählt man die Anzahl der Beistriche. Daraus ergibt sich das betreffende Wort. Das Wort »Musik« wird z.B. mit demselben Schriftzeichen wie »Freude« dargestellt. Die Anzahl der Schriftzeichen beläuft sich auf ca. 50 000. Ein Gelehrter kennt in China ungefähr 10 000 Schriftzeichen. Kein Mensch soll jemals alle 50 000 Schriftzeichen gekannt haben. Zur Zeit des ersten Kaisers schrieben die Chinesen auf Holztäfelchen, Bambusstreifen oder auf Seide. Auch auf Orakelknochen oder Bronzegefäßen findet man Schriftzeichen.

Feld genauestens untersuchen. Erst dann bin ich beruhigt.«

Meiling nickte langsam. »Das wird das Beste sein! Hü San wird selbst von Dschou Sin, dem höchsten Beamten im Dorf, um Rat in solchen Dingen gefragt. Darf ich mitgehen?«

»Gerne, Meiling! Du hast das Rätsel schließlich entdeckt«, stimmte Cao Pi zu.

Sie verließen das Haus und begaben sich zum Haus des ehrenwerten und tapferen Soldaten Cao Shi, wie Cao Pis Vater im Dorf genannt wurde. Sie brauchten nicht lange nach Hü San zu suchen, denn die alte Frau war im Garten dabei, Wäsche von den Bambuspfosten zu nehmen. Cao Pi bat sie, sich einen Moment von ihrer Arbeit abzuwenden. Die Alte sah ihn neugierig an. »Was hast du denn dort in der Hand?«, fragte sie und zeigte auf die Figur.

»Meiling hat sie auf dem Feld an der großen Straße gefunden. Sie sieht aus wie Cao Shi.«

Hü San runzelte die Stirn.

»Was willst du damit sagen, Junge?«

»Schau sie dir an, Großmutter. Was sollen wir von Meilings Fund halten?«

Die alte Frau griff nach der Tonfigur und hielt sie sich nahe vors Gesicht. Ihre Augen waren schon lange nicht mehr die besten. Doch jäh stieß sie die geheimnisvolle Figur wieder von sich.

»Das ist Zauberei!«, rief sie erschrocken aus. »Jemand will meinem Cao Shi Schaden zufügen.«

»Meiling denkt, dass Vater sie anfertigen ließ, um uns damit eine Freude zu machen«, sagte Cao Pi so leise, als wollte er es selbst nicht recht glauben. Hü San blickte Meiling nachdenklich an.

»Mag sein, aber warum findest du sie dann an einer Stelle, wo sie nicht hingehört?«

Meiling schluckte. »Ich habe mal von einem Händler, der ins Dorf kam und Kunstwerke verkaufen wollte, gehört, dass ein Künstler seine Sachen mit einem persönlichen Zeichen versieht. Wenn diese Figur so etwas besitzt, dann kann sie doch unmöglich das Werk eines Bösen sein, oder?«

»Kluges Mädchen!«, lobte Hü San. Meiling wurde rot bis über beide Ohren. Die Großmutter drehte und wendete die Figur in ihren Händen, konnte aber offenbar nichts Besonderes entdecken. Schließlich reichte sie das seltsame Ding ihrem Enkel.

»Guck du mal nach. Meine Augen werden immer schlechter, fürchte ich.«

Cao Pi untersuchte die Figur nach Schriftzeichen und fand zunächst nichts. Doch dann drehte er die

Figur auf den Kopf. »Da! Seht her! Auf der rechten Fußsohle befindet sich eine Art Stempel, wie sie die Beamten des Kaisers verwenden.«

Meiling reckte neugierig ihren Kopf. Wieso war sie nur zu feige gewesen, die Figur selbst etwas genauer zu untersuchen! Gemeinsam entzifferten die Kinder die Schriftzeichen Yi für Sonne und Yue für Mond. Zusammen ergaben sie den Begriff *Leuchtkraft*.

»Leuchtkraft?«

Auch Cao Pi runzelte fragend die Stirn.

»Dort steht *Leuchtkraft* auf seinem rechten Fuß«, sagte Meiling zu Hü San.

Aber die alte Frau winkte ab. »Ich habe keine Ahnung, was das zu bedeuten hat. Pah, Leuchtkraft! Aber eines weiß ich mit Bestimmtheit zu sagen. Diese Inschrift beweist auf keinen Fall, dass es sich hierbei nicht um Zauberei handelt.«

Damit wandte sich Hü San um und humpelte zu ihrer Wäsche auf den Bambuspfosten zurück.

Eine lange Reise beginnt mit dem ersten Schritt

Kurze Zeit später stürmte Meidang, die Mutter von Cao Pi, ins Haus. Offenbar wusste die Frau, welche ungeheuerliche Überraschung sie zu Hause erwartete.

»Was starrt ihr da so erschrocken an?«, rief sie aus. »Im Dorf erzählt man sich bereits gruselige Dinge über eine Tonfigur, die aussieht wie Cao Shi.«

Sie entriss ihrem Sohn die Figur und betrachtete sie genau. Meidang wurde blass wie weiße Fliederblüten.

»Bei allen guten Geistern, die einen beschützen. Es ist also wahr!«, rief sie erschrocken aus. »Wu Lei, unsere Nachbarin, hat euch im Garten reden hören. Neugierig, wie sie ist, hat sie über den Zaun geblickt und dabei dieses Ding gesehen. Anschließend hatte Wu Lei nichts Besseres zu tun, als im Dorf herumzulaufen und allen davon zu erzählen. Ich fürchte, bald weiß es ganz Pei-Ti.«

»Nichts als üble Magie!«, knurrte Hü San, die am Ofen stand und Reis in einer Pfanne briet. »Wir sollten dieses Ding im Wald vergraben, ganz tief, aber bloß nicht zerstören, denn dann kann es sein, dass auch dein geliebter Cao Shi …«

»Du denkst, dass jemand Cao Shi Böses will?«

Hü San zuckte ratlos die Achseln. »Was weiß ich? Aber wenn ich mir das hier so anschaue, ist es sehr gut möglich. Ein Werk des Bösen!«

Die Alte spie aus und ihre Augen funkelten wie loderndes Feuer. Meidang nickte nur stumm. Sie winkte ihren Sohn zu sich herbei. Meiling trat ebenfalls näher. Ungläubig hörte sie, was Cao Pis Mutter zu erzählen wusste.

»Es ist auch ungeheuerlich, was ich vorhin auf dem Dorfplatz noch erfuhr«, flüsterte die Frau, als ob sie Angst hätte, Feinde könnten zuhören. »Der ehrenwerte Arzt Lao Shuhzu hat berichtet, dass man im Nachbardorf Xian ebenfalls eine Tonfigur gefunden hat. Sie lag im Müll des Dorfes und zeigte den tapferen Soldaten Deng Ts'i, der aus Xian kommt. Deng Ts'i ist ein berühmter Wushu-Kämpfer in der Armee des Erhabenen.«

In Meiling arbeitete es heftig. Das konnte doch kein Zufall sein! Was mochte es mit dieser zweiten Tonfigur auf sich haben? Dann fragte sie: »War sie auch beschädigt wie diese?«

Die Mutter von Cao Pi nickte. »Ja, ich glaube, Lao Shuhzu hat so etwas gesagt. Aber ist das nicht alles äußerst beunruhigend?«

Meiling beobachtete, dass es in Cao Pi arbeitete. Sicher überlegte er, wie er das Haus schützen konnte. Sein Vater war nicht da, war vielleicht in Gefahr, und nun war es seine Aufgabe als ältester Sohn, etwas zu unternehmen.

»Wir können das Zauberdings im Wald vergraben, wie Hü San vorschlägt«, sagte er langsam. »Wir können aber auch …«

»Versuchen herauszufinden, was wirklich dahintersteckt«, unterbrach ihn Meiling. Sie lächelte alle aufmunternd an.

»Meiling glaubt, dass uns Vater die Figur zum Geschenk machen wollte«, sagte Cao Pi zu seiner Mutter.

»Ach was!«, rief Hü San. »Und der Soldat im Nachbardorf hatte gleich dieselbe Idee? Das ist doch Unsinn! Lasst uns diese Figur still und heimlich im Wald begraben und dann will ich nichts mehr davon hören!«

Meiling hatte den Eindruck, dass es besser war, Cao Pi und seine Familie allein zu lassen. Sie stand auf und verbeugte sich. »Ich gehe jetzt. Entscheidet

Himmlische Mächte

Die alten Chinesen glaubten an verborgene Mächte und Götter, die auf das Leben der Menschen Einfluss nehmen. Das konnte positive oder negative Folgen haben, also Glück, Ehre, Ruhm oder aber Krankheit, Unglück und Tod bedeuten. Träume galten hierbei als himmlische Weissagungen, die man nicht missachten durfte. Aber auch alle Zeichen, die einem die Natur bot, wie der Flug der Vögel, konnten Hinweise auf Zukünftiges liefern. Sehr beliebt war ein Schafgarbenorakel. Aus den Stängeln der Schafgarbe, einer Pflanze, konnte man, je nachdem, welches Muster die Stängel nach einem Wurf ergaben, die Zukunft deuten. Dieses Orakel ist bis in die heutige Zeit als I Ging – als »Buch der Wahrsagekunst« – bekannt. Es ist mit Abstand das berühmteste Orakel der Welt und lässt viele Menschen auch in der heutigen Zeit glauben, dass uns die himmlischen Mächte mithilfe einer Pflanze die Zukunft enthüllen.

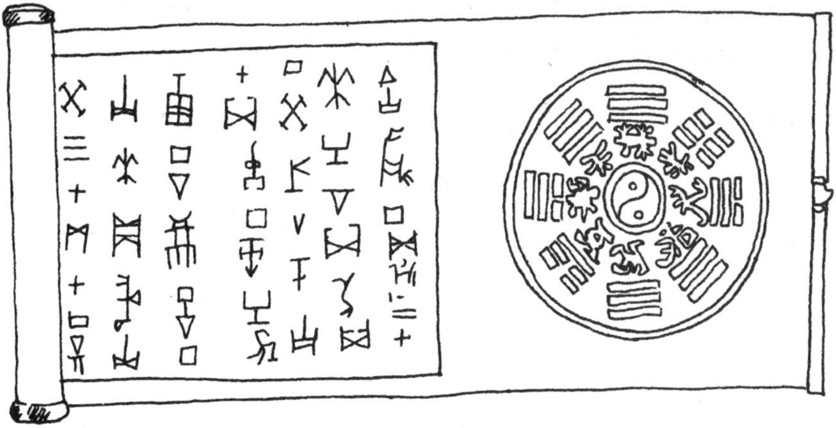

DAS I GING (Y JING) - BUCH DER WAHRSAGEKUNST ENTSTAND CA. 800 V. CHR.

SCHILDKRÖTENSCHALE, DIE ZUR WEISSAGUNG VERWENDET WURDE

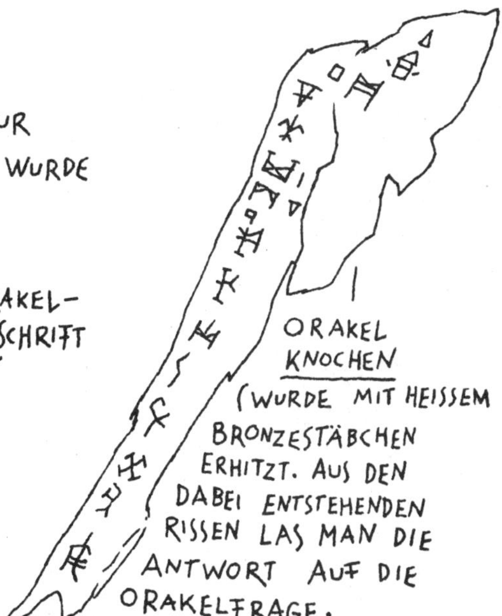

ORAKEL KNOCHEN

(WURDE MIT HEISSEM BRONZESTÄBCHEN ERHITZT. AUS DEN DABEI ENTSTEHENDEN RISSEN LAS MAN DIE ANTWORT AUF DIE ORAKELFRAGE. FRAGE UND ANTWORT SCHRIEB MAN AUF DIE KNOCHEN.

ihr, was mit dieser Figur zu tun ist. Doch falls du, Cao Pi, doch mehr über sie herausfinden willst, dann bin ich gerne dabei und helfe dir.«

Als Meiling kurze Zeit später wieder zu Hause war, holte sie den Reisigbesen aus der Ecke und begann, vor der Tür zu fegen. Dabei wanderten ihre Gedanken immer wieder zu Cao Pi und der geheimnisvollen Tonfigur. Wäre es nicht angebracht, im Nachbarort nachzufragen, was es mit der anderen Figur auf sich hatte? Vielleicht hatte man dort schon längst eine plausible Erklärung gefunden …

Nachdem sie den Eingang gefegt hatte, ging sie in die Küche, um Tee zu kochen. Plötzlich hörte sie eine vertraute Stimme hinter sich.

»Hallo, Meiling, darf ich eintreten? In meinem Kopf wirbeln die Gedanken nur so durcheinander. Ich brauche unbedingt jemanden, mit dem ich reden kann.«

Es war Cao Pi! Meiling lächelte ihn an und machte eine Geste einzutreten. Cao Pi hockte sich neben Meiling auf den Fußboden. Er wirkte ein wenig niedergeschlagen.

»Meidang ist gleich nachdem du fort warst, in den Tempel gegangen, um zu beten«, begann Cao Pi und nahm einen Schluck von dem Tee, den sie ihm angeboten hatte. »Sie hat dort an allen Altären gebetet und geopfert, wie sie mir erzählte.«

Meiling wusste, dass es im Tempel mehrere Altäre gab; jeweils einen für die Erde, für den Himmel, für die Berge, für die Sonne, für den Mond, für den Weisen Kong Fu Zi.

»Deine Mutter wollte dadurch von den himmlischen Mächten erfahren, ob Cao Shi bald gesund nach Hause zurückkehren würde, oder?«, fragte Meiling.

»So ist es!«, sagte er und nickte. »Doch als Meidang vom Tempel zurückkam, war sie sehr müde. Meidang legte sich auf die Matte, um auszuruhen. Dabei hatte sie einen Traum«, sagte Cao Pi. »Aber den erzähle ich dir gleich, Meiling. Denn etwas anderes bedrückt mich noch viel mehr: Hü San wusste zu berichten, dass man im Dorf schlecht über meine Mutter redet, weil Vater schon so lange weg ist. Einige behaupten, dass er uns für immer verlassen hat. Das geht mir nicht mehr aus dem Kopf! Ich muss wissen, was mit meinem Vater los ist! Ich darf nicht länger warten und so tun, als wäre es normal, dass er nicht mehr zu uns kommt.«

»Und jetzt taucht auch noch diese Tonfigur auf …«,

sagte Meiling und guckte Cao Pi an. Er nickte. »So ist es! Aber das ist noch längst nicht alles.«

Meiling horchte auf. Noch eine schlechte Nachricht?

»Meidang hat von Cao Shi geträumt. Er befand sich in einer dunklen Höhle und sollte niemals mehr ans Tageslicht zurückkehren. Mein Vater flehte um Hilfe, rief dabei nach mir, seinem Sohn. Ich soll kommen, ihn zu retten. Andernfalls würde ein mächtiger Zauberer meinen Vater in Stein verwandeln.«

Cao Pi hörte auf zu sprechen. Blass und in sich gekehrt kauerte er auf dem Boden. Meiling nahm seine rechte Hand und drückte sie sanft: »Träume sind Boten der himmlischen Mächte«, sagte sie. »Niemand auf Erden darf sich ihren Botschaften widersetzen, will er nicht Gefahr laufen, großen Schaden heraufzubeschwören. Wir müssen sofort handeln, Cao Pi!«

Cao Pi nickte stumm.

»Ich werde ihn auf jeden Fall suchen gehen«, murmelte Cao Pi mit feuchtem Blick. »Ich will wissen, was mit ihm los ist!«

»Und ich werde dich begleiten!«, sagte Meiling. »Zu zweit sind wir stärker, als wenn du allein losziehst.«

»Meine Mutter ist damit einverstanden«, erklärte Cao Pi. »Ich habe mit ihr bereits darüber gesprochen.«

»Aber was wird aus meinem Vater, wenn ich weg bin?«, beunruhigte sich Meiling. »Wer sorgt dann für ihn?«

Cao Pis Miene hellte sich auf. »Sowohl Meidang als auch Hü San wollen nach ihm sehen, haben sie versprochen. Es wird ihm an nichts fehlen, wenn du mich begleitest.«

Meister der hohen Wushu-Kampfkunst

Das kleine Dorf Xian lag nicht so weit entfernt, dass man dafür zu Fuß sehr lange gebraucht hätte. Wenn man morgens aufbrach und eine gute Geschwindigkeit beibehielt, konnte man es dorthin bis Mittag schaffen. Meiling und Cao Pi hatten beschlossen, sich zunächst nach der Tonfigur im Nachbardorf zu erkundigen – vielleicht fanden sie hier eine erste Spur und konnten eines der Geheimnisse lüften, das Cao Shi umgab. Die beiden waren früh unterwegs und hofften, dass sie einen vorbeifahrenden Ochsenkarren nutzen konnten, um ihre Reise zum einen zu verkürzen und zum anderen ihre Kräfte zu schonen. Meiling trug in der rechten Hand einen braunen Ledersack. Darin befanden sich die Statue und etwas Proviant. Cao Pi warf beim Wandern einen Blick auf den Sack und sagte dann: »Ob unsere wohl genauso gearbeitet ist wie die des Mannes im Nachbardorf?«

»Das werden wir herausfinden, wenn wir beide nebeneinanderstellen«, antwortete Meiling. Noch mehr interessierte sie allerdings, ob die andere Figur unter ihrem Fuß ebenfalls das Zeichen für *Leuchtkraft* haben würde. Das wäre für Meiling ein Hinweis auf den Künstler, der sich so nannte. Dann würden sich vielleicht alle ein wenig beruhigen, da mit großer Wahrscheinlichkeit keine bösen Mächte am Werk gewesen waren.

Nachdem sie zwei Stunden über den holprigen Lehmweg gelaufen waren, nahm sie ein von Ochsen gezogener Karren mit. Meiling war erleichtert, denn ihr taten schon die Füße weh. Der Bauer, der sein über Schlaglöcher und Steine rumpelndes Gefährt lenkte, fuhr glücklicherweise direkt bis nach Xian. Dort wollte er auf dem Markt Säcke mit Reis verkaufen.

»Und was habt ihr vor?«, fragte er die Kinder.

»Ach, nichts Besonderes«, log Meiling und spürte, dass sie rot wurde. »Wir besuchen meine Tante!«

Sie fuhren eine Weile schweigend weiter, bis der Bauer sie am Ortsrand absetzte. Dort erkundigten sie sich nach dem Weg zum Haus des ehrenwerten Meisters der Wushu-Kampfkunst Fu Sheng und standen kurz darauf vor einer großen Tür, die ein schwarz lackierter Drache zierte.

Sie klopften an und ein junger kahl geschorener

Bursche, offenbar einer von Fu Shengs Schülern, öffnete ihnen.

»Wie kann ich euch weiterhelfen?«, fragte er freundlich.

»Wir müssten deinen Meister in einer sehr dringlichen Angelegenheit sprechen«, antwortete Meiling. Sie streckte ihren Kopf, um zu sehen, was hinter dem Jungen los war. Er teilte ihnen mit, dass sich der Meister in der Übungshalle befände.

Cao Pi und Meiling betraten einen weitläufigen, kahlen Raum, der mehrere Nischen hatte. Meiling deutete staunend auf eine Holzbank direkt neben dem Eingang und sagte: »Dort können bestimmt zehn Leute nebeneinandersitzen, so lang ist sie.«

»Und schau mal zu den Gestellen an den Wänden«, rief Cao Pi begeistert. Dort befand sich eine stattliche Sammlung von Schwertern, Speeren und Armbrüsten. Fu Sheng selbst stand in der Mitte des Saals auf einer dicken Schilfmatte. Er trainierte mit einer schwarzen schweren Holzkugel, die er mal mit seiner linken, mal mit seiner rechten Schulter auffing. Cao Pi stieß Meiling in die Seite. »Beeindruckend, oder?«, flüsterte er. Dem konnte Meiling nur zustimmen. Denn obwohl es mehrmals so aussah, als würde die Holzkugel von ungefähr einer Handspanne Durchmesser zu Boden fallen, gelang es dem Meister jedes Mal, sie mit einer geschmeidigen Bewegung aufzufangen. Dann ließ er sie mit einem Mal sanft zu Boden gleiten, um einen Augenblick später mit einem kurzen harten Schrei eine Holzplatte, die hinter ihm stand, mit dem Fuß zu durchtreten. Kaum war das geschehen, sprangen aus einer Nische des Raumes zwei schwarz gekleidete Gestalten auf ihn zu. Meiling zuckte vor Schreck zurück und beobachtete mit einer Mischung aus Faszination und Unbehagen, wie die beiden Männer den Meister ohne Vorwarnung angriffen. Doch mit wenigen Handgriffen und gezielten Fußtritten hatte Fu Sheng die beiden Angreifer so schnell überwältigt, dass die Kinder Mühe hatten, den Vorgang mit den Augen zu verfolgen. Die Vorführung war zu Ende. Alle Kämpfer erhoben sich und verbeugten sich voreinander. Jetzt erst bemerkte Fu Sheng die Kinder und kam zu ihnen. Nachdem sie sich begrüßt und Meiling und Cao Pi erzählt hatten, woher sie kamen, fragte der Meister: »Und was wollt ihr von mir?«

Meiling ergriff die Initiative: »Kennt Ihr den tapferen Soldaten Deng Ts'i?«

Der Meister nickte freudig. »Aber sicher, denn ich habe ihn zu einem ausgezeichneten Wushu-Kämpfer ausgebildet. Deng Ts'i ist einer meiner besten Schüler gewesen. Außerdem versteht er es meisterlich, mit dem Schwert umzugehen. Warum fragt ihr nach ihm?« Dabei musterte er die Kinder neugierig.

Meilings Herz begann vor Aufregung stärker zu klopfen. Dieser Mann konnte ihnen bestimmt weiterhelfen.

»Mein Vater Cao Shi dient in der Armee des Kaisers«, begann Cao Pi. »Er ist ein guter Armbrustschütze. Nun haben wir vor einigen Tagen auf einem Feld das hier gefunden.«

Er holte den kleinen Tonsoldaten aus dem Sack hervor und hielt ihn dem Meister hin. »Jemand aus unserem Dorf erzählte meiner Mutter, dass es so eine Figur auch von Deng Ts'i geben soll.«

Fu Sheng griff nach der Figur und wurde blass. Dann erhob er sich und ging davon. Wenig später kehrte er mit einem zweiten Krieger aus Ton zurück.

»Das hat mir die Frau von Deng Ts'i gegeben. Sie hofft, dass ich weiß, was es damit auf sich hat.«

Der Meister stellte die beiden Tonfiguren nebeneinander auf den Boden. Fassungslos erkannten die Kinder, dass sie gleich groß waren und aus dem gleichen Material bestanden. Beide zeigten sie zwei wichtige Soldaten des göttlichen Kaisers.

SYMBOL FUR
WU-SHU
FAUSTKAMPF
SCHWERTKAMPF
SHAOLIN MÖNCHE BEIM TRAINING
STOCKKAMPF

Die alte Wushu-Kampfkunst

Kaiser Qin Shi Huangdi brauchte gut ausgebildete Krieger, die es verstanden, mit Schwert, Armbrust oder Hellebarde umzugehen. Zu seiner Zeit schufen taoistische Priester eine Form der Kampfkunst, die man Wushu nennt. Wushu ist der Ursprung aller chinesischen Kampfkünste. Ursprünglich diente Wushu als körperliche Übung zum Erhalt des »Gleichgewichts mit dem Himmel« und als »Kampf gegen Dämonen«. Im Laufe der Zeit entwickelte sich daraus Kung-Fu, Karate oder Judo. Dabei wurde von Anfang an Stärke und Kraft aus der zielgerichteten Bewegung von Armen und Beinen sowie des ganzen Körpers gezogen – wie man es später von den kämpfenden Mönchen, den chinesischen Shaolin, kennt. Die Grundregeln der Kampfkunst bestehen in Übungen, die ein Leben lang andauern. Es ist dem Krieger nicht erlaubt, Fleisch zu essen oder Alkohol zu trinken, und er muss auch in schwierigen Situationen immer ruhig und gelassen bleiben. Aus diesen Regeln leiten sich die großartigen Kampfkünste ab, die uns bis heute erstaunen.

»Wie ist das möglich?«, fragte Cao Pi erschrocken und Meiling hörte das Unbehagen in seiner Stimme. »Ist es vielleicht das Werk eines bösen Zauberers?«

Fu Sheng zuckte hilflos die Achseln. »Ich habe keine Ahnung, mein Junge.«

Meiling griff nach der Figur des Wushu-Kämpfers und untersuchte aufmerksam ihre Beine. Ihre Augen leuchteten auf.

»Ha! Seht nur! Auch sie trägt das Zeichen für *Leuchtkraft*. Welcher Zauberer würde schon seinen Namen auf einem Ding hinterlassen, mit dem er Böses bewirken will?«

Nun schaute sich auch Fu Sheng die Zeichen auf den zwei Figuren an. Nach eingehender Untersuchung meinte er: »Es sieht so aus, als ob noch mehr auf den beiden Figuren geschrieben steht. Aber dazu solltet ihr einen wirklichen Fachmann befragen. Nicht weit von Xian wohnt ein ehrenwerter Mann in einer Einsiedelei. Er nennt sich der namenlose Mönch. Dieser Alte hat in seinem Leben viel gesehen und gelesen. Geht zu ihm und fragt, was es mit den beiden Tonfiguren auf sich haben könnte. Vielleicht hat er für euch eine Antwort bereit, die euch weiterhilft?«

Die beiden Kinder verabschiedeten sich von Fu

Sheng, nachdem sie sich für dessen Freundlichkeit bedankt hatten. Noch während sie dabei waren, den Saal zu verlassen, hatte sich der Meister bereits wieder mit seinen schwarz gekleideten Schülern auf einen Übungskampf eingelassen.

Das Geheimnis des Zeichens Ching

»Wenn wir uns beeilen, schaffen wir es zur Höhle des Namenlosen, noch bevor es anfängt zu dunkeln«, erklärte Meiling und blickte Cao Pi erwartungsvoll an. Sie hatten Xian längst hinter sich gelassen und liefen nun einen holprigen Pfad an einem Fluss entlang. Dieser Weg, so hatten sie von Fu Sheng erfahren, führe sie direkt zur Erdhöhle des einsamen Mönchs. Unweit von dieser gäbe es allerdings eine große Straße, auf der man bis zur Hauptstadt Xianyang käme.

»Ob dieser namenlose Mönch uns wirklich helfen kann?«, fragte Cao Pi. Meiling wusste es ebenso wenig.

»Lebt er wirklich in einer Höhle?«, fragte sie ungläubig.

»Ja«, antwortete Cao Pi. »Mein Vater hat mir von solchen heiligen Männern erzählt. Stell dir das mal vor! So ein Mönch wie der Namenlose verzichtet freiwillig auf jegliche Gesellschaft. Er will ganz allein sein! Und deshalb lebt er in einer Höhle.«

»Und wer kocht für ihn?«, wollte Meiling wissen.

»Niemand! Der Namenlose ernährt sich wahrscheinlich von Beeren, Pflanzen, Wurzeln, Quellwasser oder auch Vogeleiern. Solche Mönche lehnen unser normales Leben ab. Sie sind Buddhisten oder Taoisten. Sie meditieren den ganzen Tag über und hoffen, dabei innere Ruhe und Weisheit zu erlangen.«

Meiling wusste nicht, was sie davon halten sollte. Ein wenig mulmig war ihr schon bei dem Gedanken daran, diesem seltsamen Mönch einen Besuch abzustatten. Was, wenn er ihnen gar keine Gelegenheit gab, mit ihm zu sprechen, weil er allein sein wollte? Hoffentlich, so dachte sie, hatte der Mann über seinen inneren Versenkungen nicht noch alles vergessen, was es in der Welt so gab. Andernfalls wären all ihre Mühen umsonst gewesen!

»Wenn es gut für uns läuft, weiß dieser Mönch, was es mit den beiden Tonkriegern auf sich hat!«, meinte Cao Pi. »Soll ich ihm auch vom Traum meiner Mutter erzählen?«

»Ich weiß nicht«, antwortete Meiling zögerlich. Sie hielt es für sinnvoller, erst einmal abzuwarten. »Wir kennen diesen Mönch doch gar nicht!«

Wenig später stießen sie auf die Höhle des Einsiedlers. Meiling deutete auf einen breiten Felsüberhang. »Dort müssen wir wohl hinauf«, sagte sie. Der Namenlose kauerte vor seiner Höhle am Boden und meditierte. Die Sonne, die im Begriff war unterzugehen, fiel durch die Zweige der Bäume auf das Gesicht des glatzköpfigen Mannes und tauchte es in helles Licht. Er hatte die Augen geschlossen und schien kaum zu atmen. Meiling und Cao Pi hockten sich still zu ihm. Der Mönch schien ganz weit weg zu sein. Hoffentlich hockt er nicht bis in alle Ewigkeit so versunken in sich, dachte Meiling. Aber nach einiger Zeit schlug der Mann die Augen auf und lächelte sanft.

»Obwohl ihr noch Kinder seid, wisst ihr euch besser zu benehmen als mancher Erwachsene, der mich hier besucht hat! Die meisten plappern die ganze Zeit über und stören mich in meinem Gebet. Ihr aber könnt schweigen wie ein guter Taoist! Das rechne ich euch hoch an. Ich habe vor langer Zeit Reichtum und Ruhm abgeschworen. Selbst meinen Namen habe ich abgelegt. Ich ehre zwar auch Konfuzius, bin aber im Herzen Taoist. Sagt mir, wer ihr seid und was ihr von mir wollt.«

Seine dunklen Augen leuchteten wie zwei Kristalle und um seine Lippen spielte ein feines Lächeln. Eigentlich sieht er ja ganz nett aus, dachte Mei-

Konfuzius, Taoismus und Buddhismus

Drei Religionen prägen bis heute China: die Lehre des Konfuzius, der Taoismus und der Buddhismus. Konfuzius lebte um 500 v. Chr. Seine Lehre besteht darin, immer allen gegenüber Gerechtigkeit widerfahren zu lassen. Wer sich selbst achtet, der soll auch andere achten – vor allem die Eltern, Großeltern und die Ahnen. Laotse, der berühmteste Taoist, wurde 100 Jahre früher als Konfuzius geboren. Er lehrte, dass man ein gutes Leben führen kann, wenn dieses ausgeglichen ist. Das geschieht in Harmonie mit der Natur oder dem Tao. Yin und Yang, Licht und Schatten, sind Kräfte, die immer gegensätzlich sind. Der Mensch muss darauf achten, dass keine Seite die Oberhand gewinnt. Buddha wurde um 566 v. Chr. geboren und war zunächst ein Prinz aus reichem Hause. Er ließ all seinen Besitz zurück und wurde unter einem Baum erleuchtet. Buddha erkannte, dass die Menschen sich zu sehr an Reichtum und Macht klammern und dadurch unglücklich werden. Doch wer dies alles von sich fernhält, ist frei und wird auch nicht mehr wiedergeboren.

KONFUZIUS
(551 v. CHR.)

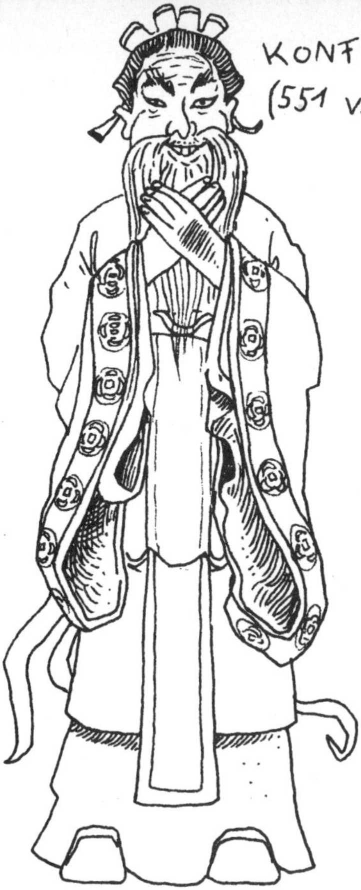

LAOTSE
(604 v. CHR)

BUDDHA
BRONZESTATUE
AUS DER
MINGZEIT

ling, während Cao Pi das Wort ergriff: »Ich bin Cao Pi und das ist meine Freundin Meiling, verehrter namenloser Mönch. Verzeiht, dass wir zwei Eure Meditation stören, aber es gibt dafür einen guten Grund. Der ehrenwerte Meister Fu Sheng aus Xian ist davon überzeugt, dass Ihr uns weiterhelfen könnt.«

Dabei holte Cao Pi die Figur aus dem Ledersack. Der Mönch machte ein erstauntes Gesicht, als er sie von allen Seiten betrachtete. Dann blickte er die Kinder neugierig an. Offenbar wollte er noch mehr wissen.

»Jemand hat meinen Vater Cao Shi in dieser Weise dargestellt. In Xian gibt es einen Mann namens Deng Ts'i, der auch als Tonfigur gefertigt wurde. Wir würden gerne wissen, was das zu bedeuten hat«, sagte Cao Pi.

»Außerdem gibt es Schriftzeichen auf den Füßen«, ergänzte Meiling. »Fu Sheng sagte, Ihr könntet sie lesen. Und wir hörten, dass Ihr Euch als Magier mit den unsichtbaren Kräften auskennt.«

Der Mönch nickte zustimmend und untersuchte danach gründlich die Figur.

»Leuchtkraft!«, sagte er. »Und dann ist da noch ein weiteres Zeichen ...«

Er hielt die Figur so ins Licht, dass er alles gut lesen konnte. »*Ching* lese ich noch. *Leuchtkraft* mag für den Künstler stehen, der sie gefertigt hat. Und *Ching*?«

Meiling spürte ihr Herz schneller schlagen. »Ching ist doch der Kaiser!«, platzte es aus ihr raus. Aber zu ihrer Enttäuschung antwortete der Mönch nicht. Er hatte die Figur fest gegen seine Brust gepresst und war von einem Augenblick zum anderen in eine tiefe Meditation gesunken. Aus seinem Mund brachen seltsame Laute hervor. Ein Stöhnen, ein tiefes Brummen, ein klagendes Gurren.

Cao Pi war erschrocken aufgesprungen. Auch Meilings Aufregung war mit einem Schlag verschwunden, denn nun überkam sie die Angst. Was ging hier vor? Waren sie am Ende zu leichtsinnig gewesen, allein herzukommen? Der Mönch schien wie von Sinnen zu sein. Was sollten diese schrecklichen Laute, die er aus seinem Mund stieß? Befanden sie sich in Gefahr? Meiling schluckte und griff nach Cao Pis Hand. Doch da stieß der Namenlose einen Satz hervor. Er wiederholte ihn ein zweites und ein drittes Mal: »Alles für einen Toten, der noch lebt! Alles für einen Toten, der noch lebt!«

»Ist er jetzt verrückt geworden?«, flüsterte Cao Pi.

»Nimm ihm die Figur schnell weg und lass uns von hier verschwinden«, forderte Meiling ihn auf.

Cao Pi griff hastig nach der Figur und entwand sie dem Mann aus seinen Händen. Gerade als die Kinder sich von dem Namenlosen entfernen wollten, schlug dieser wieder die Augen auf: »Bitte geht nicht! Bleibt heute Nacht bei mir! Es wird schnell dunkel werden. Dann ist es hier im Wald nicht ganz ungefährlich!«

»Komm, lass uns lieber gehen!«, zischte Meiling und versuchte, Cao Pi mit sich zu ziehen. Doch der starrte wie gebannt auf den Mönch, der nun weitersprach: »Ich habe einige Wurzeln, aus denen ich euch eine kräftige Suppe kochen kann. Aber bitte sagt mir zuerst, was der Geist euch mitgeteilt hat. Ich selbst bin völlig ahnungslos!«

Unsicher starrten die Kinder den Mann an. Wusste der Namenlose überhaupt, was er da redete? Meiling wurde die ganze Sache immer unheimlicher, zumal der Mönch jetzt so laut lachte, dass es weithin schallte. »Ihr seht mich an, als ob ich ein Geist aus dem Totenreich wäre. Aber ich bin wieder ich selbst. Ich habe nur einen Geist in mir heraufbeschworen, der euch gesagt hat, für wen das hier gefertigt wurde. Mehr nicht! Eine Figur wie diese habe ich noch nie gesehen. Ich sollte euch doch helfen, nicht wahr?«

Dabei zeigte er auf den Tonkrieger, den Cao Pi gerade wieder im Ledersack verstaute.

»Der Geist hat von einem Toten gesprochen, der noch lebt«, sagte Meiling und wunderte sich, wie mutig sie war. »Das ist doch Unsinn, oder?«

Der Namenlose lächelte sanft. »Das denkst du, Mädchen, aber Geister sprechen nur Wahres. Glaube mir!«

»Mit *Ching* ist auf jeden Fall der Kaiser gemeint«, sagte Cao Pi. »Darauf ist Meiling ja vorhin schon gekommen.«

Der Mönch nickte. »Richtig! Aber jetzt bereite ich erst mal die Suppe zu. Dabei überlegen wir gemeinsam, was es mit dem Toten, der noch lebt, und dem Kaiser auf sich haben könnte.«

Das war klug gedacht, durchfuhr es Meiling. Trotzdem war ihr nicht wohl bei dem Gedanken, die Nacht in einer Höhle bei einem wildfremden Mann zu verbringen, der zudem noch mit Geistern reden konnte. Aber sie hatten ja keine andere Wahl! Zudem hatte sie Cao Pi versprochen, ihm bei der Suche nach seinem Vater zu helfen. Was hielt ihr Freund denn vom Angebot des Mönchs? Fragend blickte sie Cao Pi an. Er schien damit einverstanden, über Nacht hierzubleiben.

Die Suppe aus Baumrinde, verschiedenen Wurzeln, Soja, Bambussprossen, Kräutern und Wasser schmeckte den Kindern ausgezeichnet. Sogar ein Schlaflager hatte ihnen der Namenlose bereitet. Zwar mussten sie sich eine Bastmatte teilen, aber das würde schon gehen, dachte Meiling. Das Feuer in der Höhle, auf dem in einem Topf die Suppe gekocht worden war, spendete eine angenehme Wärme. Der Namenlose hatte ihnen versichert, dass sich diese Wärme in der Höhle bis tief in die Nacht hinein halten würde. Denn Meiling fröstelte, nachdem sie die Höhle kurzzeitig mal verlassen hatte.

Nach der Mahlzeit hockten sie im Schein des schwelenden Feuers mit dem Mönch zusammen und überlegten, was es mit den Rätseln des Tages auf sich haben könnte.

»Mit *Ching* ist selbstverständlich der erhabene Kaiser gemeint«, bestätigte der Mönch. »Niemand sonst darf sich damit benennen.«

»Aber wenn das so ist, warum ist dieser Tonkrieger, der meinen Vater darstellt, für einen Toten gedacht, der noch leben soll?«, fragte Cao Pi. Auch der Namenlose konnte darauf keine Erklärung geben. »Ihr werdet weiter zur Hauptstadt reisen müssen«, meinte der Mönch. »Dort erhaltet ihr vielleicht eine Antwort darauf. Ich kann euch leider nicht mehr dazu sagen.«

»Und wenn wir in der Hauptstadt trotzdem nicht klüger werden?«, fragte Meiling.

»Wie das Sprichwort sagt: Oben ist der Himmel, darunter sind Suzhou und Hangzhou oder wenn ihr wollt, ihr zwei«, antwortete der Mönch. »Es ist die Aufgabe des Menschen, Fragen zu stellen. Ob man aber immer die richtigen Antworten erhält ... Ob man immer ans Ziel gelangt ...«

Er machte eine Pause und deutete dann mit seinem rechten Arm nach oben. »... liegt einzig und allein in der Macht des Himmels! Tao ist der Weg, sagt Laotse!«

Dann lachte er wieder so laut, dass es in der Höhle nur so schallte.

Der Möbelmacher von Xianyang

Es half alles nichts! Meiling und Cao Pi mussten zur Hauptstadt des Reiches, wenn sie wissen wollten, was es mit den Tonfiguren auf sich hatte und ob sich Cao Pis Vater in Gefahr befand. Sie mussten dorthin, wo der mächtige Kaiser Qin Shi Huangdi in seinem großen Palast residierte. Das war Meiling und Cao Pi nach dem Gespräch mit dem weisen Mönch klar geworden. Irgendetwas hatte der erhabene Göttliche mit den seltsamen Tonfiguren zu tun. Aber was? Genau das wollten sie herausfinden.

Am anderen Morgen brachen die beiden Kinder auf.

»Puh!«, machte Cao Pi, nachdem sie schon eine Weile unterwegs waren. »Von der Höhle des Namenlosen bis zur Hauptstadt ist es ein ziemlich langer Weg zu Fuß. Der dauert sicherlich bis zum späten Abend.«

Meiling sagte lächelnd: »Ehre die Götter der Reise und sie schicken dir einen guten Ochsenkarren vorbei, der dich mitnimmt.«

Sie lachten und folgten dabei einem Pfad, der sie an einem kleinen Fluss entlangführte und sich träge durch die Landschaft schlängelte.

»Heute Abend ist es vorbei mit der Ruhe«, meinte Cao Pi.

Meiling nickte zustimmend, denn jeder im großen Reich des Kaisers wusste selbstverständlich, dass das Leben in der Hauptstadt nur so tobte. Meiling freute sich sogar auf Xianyang, weil die Stadt, wie ihr Vater gern erzählte, alles bot, was Menschen mit ihren Händen schaffen konnten.

»Dort soll es mehr Geschäfte geben, als es Einwohner in Pei-Ti und dem Dorf Xian zusammen gibt. Ist das nicht unvorstellbar?«, sagte Meiling zu Cao Pi, der neben ihr ging.

»Ich weiß, dass es dort große Straßen gibt, in denen sich ein Laden an den anderen reiht«, bestätigte der Junge. »Mein Onkel Cao Li lebt dort. Er ist ein Möbelmacher. Wir werden vermutlich bei ihm wohnen können. Cao Li ist sehr nett.«

Meiling nickte begeistert. »Das klingt gut. Ein wenig mache ich mir schon Sorgen um jene, die wir zurückgelassen haben. Sie müssen glauben, dass uns etwas zugestoßen ist, wenn sie so lange nichts von uns hören.«

»Ich werde meinen Onkel fragen, ob er uns helfen kann«, schlug Cao Pi vor. »Ich werde ihm erzählen, warum wir unterwegs sind. Vielleicht hat er auch etwas gehört, das uns weiterhilft. Du musst wissen, Onkel Cao Li hat viele Kunden, nicht nur in der Hauptstadt. Dadurch erfährt er manches, was im Lande so vorgeht. Warten wir es ab.«

Xianyang war so lebhaft wie ein Schwarm Mücken im Sonnenlicht. Die große Stadt war laut und quoll vor Menschen über. Alle waren in Eile.

»He! Was stehst du hier so im Weg rum?«, wurde Cao Pi von einem Passanten beschimpft. Cao Pi und Meiling drückten sich beide erschrocken in den Winkel zweier Häuser. Was ist denn hier los?, dachte Meiling. Offenbar hatte jeder hier Besorgungen zu machen, die keinen Aufschub duldeten. Cao Pi deutete auf ein mächtiges Bauwerk am anderen Ende der Straße. »Hast du so etwas Großes schon einmal gesehen?«, fragte er staunend.

Meiling riss die Augen auf und betrachtete ungläubig ein Gebäude, das sich in der Mitte der Stadt pagodenartig auf einem Hügel erhob. Es war der Kaiserpalast mit seinen zahlreichen Treppen, Säulen, überdachten Gängen und Innenhöfen. Alles war von einer hohen Mauer umgeben, denn der Kaiser und seine Adeligen wollten unter sich bleiben.

»Weißt du, in welche Richtung wir müssen?«, fragte Meiling. Sie befürchtete, dass sie sich verlaufen könnten.

»Es ist schon lange her, seit ich meinen Onkel hier besucht habe«, gab Cao Pi zu. »Aber wenn ich mich recht erinnere, liegt sein Laden in der Nähe des Tempels des Stadtgottes.«

Meiling blickte sich nach allen Seiten um. Hier gab es vor allem große Parks und schöne Plätze. Sie sahen den Tempel des Kriegsgottes, das Thermalbadehaus, sahen die große Markthalle, das Gerichtsgebäude, Lagerhäuser der Armee und passierten einen großen Exerzierplatz für die Soldaten des Kaisers.

»Meinst du, hier hat dein Vater auch schon gestanden?«, erkundigte sich Meiling. Cao Pis nachdenkliches Gesicht verriet ihr, dass er sich diese Frage auch gerade stellte.

»Ach, Meiling, ich frage mich, ob wir überhaupt irgendetwas in dieser großen Stadt herausfinden werden«, antwortete Cao Pi traurig. »Es gibt einfach zu viele Menschen hier, alles ist viel zu unübersichtlich … Während wir hier unsere Zeit vergeuden, ist meinem Vater vielleicht längst etwas zugestoßen!«

»Aber dein Onkel wird dir bestimmt weiterhelfen können«, antwortete Meiling und wandte ihren Kopf. »Oh, schau mal da, dieser Laden!«

Meiling hatte ein Baumwollgeschäft entdeckt, in dem man Kleidung kaufen konnte. Es war größer als alles, was sie bislang gesehen hatte.

»Dafür haben wir jetzt keine Zeit«, knurrte Cao Pi. »Wir müssen das Geschäft meines Onkels finden. Soweit ich mich erinnere, liegt der Tempel des Stadtgottes an der Ecke zweier großer Straßen!«

Die Kinder fragten sich bis zum Tempel des Stadtgottes durch. »Vater hat mir mal erzählt, sein Bruder habe an seinem Geschäft einen Kranich aus Holz hängen.«

Meiling schaute sich prüfend nach allen Seiten um. »Lass uns dort vorne nachschauen!«, schlug sie vor und zeigte geradeaus. Wenig später standen sie tatsächlich vor der Eingangstür des Möbelmachers Cao Li. Über dem Eingang prangte ein mit Lack überzogener Kranich aus Holz. Er war das Zeichen für ein langes Leben, aber auch für ein gutes Verhältnis zwischen Vater und Sohn. Die Kinder betraten das Haus, in dem Cao Pis Onkel lebte und arbeitete. Cao Li war so sehr in seine Arbeit vertieft, dass er die beiden zunächst nicht bemerkte. Er arbeitete an einem Schirm aus Holz, den man hinter den Ofen stellte, um sich gegen Hitze und Kochdampf zu schützen.

Cao Pi räusperte sich und sein Onkel fuhr erschrocken herum. Als er Cao Pi erkannte, lachte er. »Junge«, sagte er. »Ich habe euch gar nicht kommen hören. Hast du deine Mutter und deine Großmutter etwa auch mitgebracht?« Er deutete auf eine Bank, damit die Kinder sich setzen konnten.

»Nein, verehrter Onkel Cao Li«, antwortete Cao Pi. »Ich bin mit Meiling aus meinem Dorf unterwegs, weil ich etwas über eine merkwürdige Figur in Erfahrung bringen will, die mit meinem Vater zu tun hat.«

Der Onkel runzelte fragend die Stirn. Cao Pi berichtete, was geschehen war, und Cao Li hörte aufmerksam zu.

»Ich habe meinen Bruder lange nicht mehr gesehen«, begann der Möbelmacher, nachdem Cao Pi mit seinen Ausführungen fertig war. »Ich wundere mich sehr darüber, weil er früher fast jeden dritten oder vierten Tag hier vorbeigekommen ist. Ich vermute, dass ihn der Kaiser an irgendeine weit entfernte Stelle seines Reiches versetzt hat. Zusammen mit anderen Soldaten!«

»Und von dort aus kann er nicht mehr seine Familie besuchen kommen?«, fragte Cao Pi traurig.

»Solche Reisen zu euch sind vermutlich schwierig für ihn geworden«, sagte Cao Li. »Allerdings«, er kratzte sich am Kopf und machte ein nachdenkliches Gesicht, »habe ich vor einiger Zeit von einem Kunden etwas erfahren, das euch vielleicht weiterhelfen kann.«

Meiling und Cao Pi blickten den Möbelmacher erwartungsvoll an.

»Dieser Kunde bestellte einen Tisch bei mir. Weil er selbst ein Mann ist, der die Diener im Palast des Kaisers mit frischen Lebensmitteln beliefert, weiß er mehr als andere, was dort so vorgeht. So erzählte er mir, er habe munkeln hören, Qin Shi Huangdi plane etwas Gewaltiges für die Ewigkeit. Niemand weiß Genaues, aber es geht die Rede, dass zahllose Menschen aus allen Teilen seines Reiches an einem unbestimmten Ort Tag und Nacht arbeiten müssen. Zudem seien sehr viele Soldaten seit Wochen schon verschwunden. Darunter wohl auch mein Bruder, aber ich sagte dir ja bereits, dass der Kaiser seine Soldaten an jeden Punkt seines Reiches schicken kann. Das wird vermutlich das ganze Geheimnis seines Verschwindens sein.«

QIN SHI HUANGDI „KÖNIG UND GOTT"

Qin Shi Huangdi – erster Kaiser von China

Ying Zhéng wurde 259 v. Chr. als Königssohn geboren. Er herrschte zunächst in seiner Hauptstadt Xianyang im Reich Qin. Um Qin herum gab es sechs weitere Königreiche, die Ying Zhéng nach und nach mit einer Armee von 600 000 Soldaten eroberte. Im Jahre 221 v. Chr. konnte sich Ying Zhéng endlich zum Kaiser eines einzigen großen Reiches ausrufen lassen. Er gab sich den Namen Qin Shi Huangdi, was übersetzt so viel bedeutet wie »König und Gott«. Das »Qin« in Qin Shi Huangdi wird »chin« ausgesprochen. Davon leitet sich der Begriff »China« ab. Der erste Kaiser war also der Begründer Chinas. Er führte im Land einheitliche Münzen ein, setzte neue Maße und Gewichte fest, vereinfachte die chinesische Schrift, ließ große Straßen durchs Land bauen und herrschte mit harten Strafen und Gesetzen über seine Untertanen. Qin Shi Huangdi starb am 10. September 210 v. Chr. Bis zuletzt hatte er aufgrund seiner großen Macht geglaubt, unsterblich zu sein.

Der Kaiser ist der Mittelpunkt des Lebens, dachte Meiling. Onkel Cao Li hatte vermutlich recht, wenn er behauptete, dass man Cao Shi irgendwohin versetzt hatte. Aber was hatte es mit diesem geheimnisvollen Projekt für die Ewigkeit auf sich? Konnte es etwas mit den Figuren zu tun haben, die nach lebenden Vorbildern gearbeitet worden waren? Der Stempel *Ching* wies auf den Kaiser hin. Hatte der Kaiser sie vielleicht in Auftrag gegeben? Aber warum lagen sie dann halb zerbrochen auf den Feldern zweier Dörfer? Meiling bemerkte einen sehr kleinen Tisch, den der Onkel gemacht hatte. Das Tischchen stand in einem Regal an der Wand und war nicht viel größer als ihre Hand. Sie zeigte auf den Tisch und fragte: »Warum hast du den so klein gemacht?«

»Er ist ein Modell, mehr nicht«, antwortete Cao Li. »Ich wollte dem Kunden zeigen, wie er aussehen wird. Später habe ich ihn so groß gemacht, dass zehn Personen daran Platz nehmen können.«

In Meilings Kopf arbeitete es heftig. Konnte es denn sein, dass auch die beiden Figuren aus Ton nur Modelle waren? Und dass sie vielleicht misslungen waren, weil sie den Vorstellungen des Künstlers nicht entsprachen? Deshalb hatte er sie weggeworfen, nachdem er sie in der Nähe des Dorfes Xian und ihres eigenen gefertigt hatte. Und sowohl Cao Shi als auch Deng Ts'i hatten ihm Modell gestanden. So konnte es doch gewesen sein, dachte Meiling. Ob der allmächtige Kaiser dahinterstand? Aber wofür brauchte man derlei Modelle? Das Mädchen seufzte. Es wäre zu schön gewesen, wenn sie den Kaiser selbst dazu hätten befragen können. Aber eher war es möglich, den Mond oder einen der funkelnden Sterne zu befragen als den Göttlichen in seinem von einer unüberwindlichen Mauer umgebenen Palast.

Im Versteck des Generals

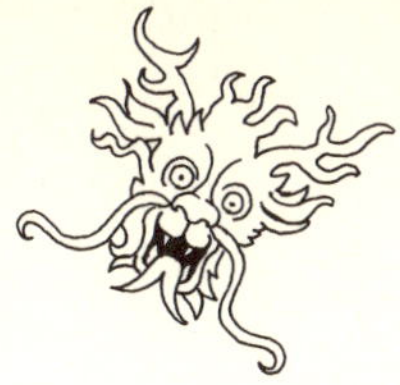

Am nächsten Tag streiften Meiling und Cao Pi durch die verwinkelten Straßen der Hauptstadt. Sie hofften, Soldaten zu treffen, die sie nach Cao Pis Vater fragen konnten. Vielleicht waren ihnen die Götter ja gnädig und sie sprachen jemanden an, der Cao Shi kannte und wusste, wo er steckte. Während sie durch die Straßen schlenderten, staunte Meiling über die Menschen, die ihnen begegneten. Überrascht zeigte sie auf zwei Personen, deren Kleidung aus kostbarer Seide Bilder von Vögeln und Rautenmuster zeigte.

»Sind das Beamte des Kaisers?«, fragte sie. Dergleichen kannte sie aus ihrem Dorf nicht. Doch Cao Pi wusste von seinem Vater, dass es sich bei solchen Männern um hohe Würdenträger handelte, die das große Reich verwalteten.

»Mit ihnen ist nicht zu spaßen«, erklärte Cao Pi. »Wenn sie der Meinung sind, dass ein Mann oder eine Frau gegen eine Anordnung des Kaisers verstoßen hat, so dürfen sie die Person streng bestrafen, hat mir Cao Shi erzählt.«

Meiling beobachtete die Soldaten, die mit ihren langen Hellebarden durch die Stadt schritten. Stolz präsentierten sie dabei ihre Waffen und Meiling fragte sich, ob sie überhaupt antworten würden, wenn zwei Kinder ihnen eine Frage stellten.

Den Rang der Soldaten erkannte man auch daran, ob er einen Helm trug oder nicht. Einfache Soldaten besaßen unterschiedlich komplizierte Haarknoten, die mit Bändern zusammengehalten wurden. Also hielten Meiling und Cao Pi bewusst Ausschau nach solchen mit einem Helm auf dem Kopf. Sie entdeckten zwar einige, aber nur wenige reagierten überhaupt auf sie.

Sind wir denn für sie Luft?, fragte sich Meiling wütend. Diejenigen, die auf die Frage eine Antwort gaben, ob sie Cao Shi aus Pei-Ti kannten, schüttelten bloß verneinend den Kopf. Cao Pi wurde zusehends trauriger und Meiling versuchte, ihn durch kleine Scherze aufzuheitern. Aber das gelang ihr nur mäßig. Meiling dachte an ein Gespräch, das sie am Vortag mit Cao Pis Onkel geführt hatten.

»Ich schicke gleich morgen einen Boten in euer Dorf«, hatte Cao Li versprochen. »Er ist ohnehin mit einer Ladung Möbel unterwegs. Dabei wird er einen auf einem Bambusstab geschriebenen Brief mitnehmen. Darin wird stehen, wo ihr seid und dass es euch beiden gut geht.«

Meiling und Cao Pi waren beruhigt. Allerdings treten wir auf der Stelle, dachte Meiling. Die Figuren hatte vermutlich der Kaiser in Auftrag gegeben. Folglich ging es nicht um Zauberei, wie Cao Pis Großmutter glaubte. Dennoch wusste niemand, was das alles mit Cao Shi zu tun hatte und warum er schon so lange Zeit verschwunden war. Hatten sie überhaupt den Hauch einer Chance, ihn zu finden? Nein, sagte sich Meiling. Darum würden sie schon bald die Hauptstadt verlassen und nach Hause zurückkehren müssen, weil es hier nichts für sie zu tun gab.

Meiling stellte auf einmal fest, dass Cao Pi nicht mehr an ihrer Seite lief. Überrascht drehte sie sich um. Der Junge war an einem Haus stehen geblieben und schien von dort aus etwas Interessantes zu beobachten. Langsam ging Meiling zurück.

»Cao Pi, was ist denn los?«, rief sie besorgt.

»Pst!«, machte Cao Pi und winkte Meiling zu sich heran. Und dann sah sie, was Cao Pi so sehr in den Bann zog: Es war ein alter Mann, der auf der Flucht vor Soldaten zu sein schien. Hatte er etwas ausgefressen? Der Alte versteckte sich in Hauseingängen oder verbarg sich hinter Vorsprüngen vor den Blicken der Soldaten, die offenbar bemüht waren, ihn aufzuspüren. Nur die beiden Kinder waren Zeugen dieses Versteckspiels.

»Was findest du daran so besonders?«, fragte Meiling den Jungen.

»Es ist ein alter General. Siehst du seinen Haarknoten, der von einem goldenen Band zusammengehalten wird? Mein Vater erzählte mir, dass der Kaiser nicht so viele Generäle hätte. Ich frage mich, was er Schlimmes angestellt hat, dass die Soldaten seiner habhaft werden wollen. Das ist doch beschämend für so einen verdienstvollen Mann, meinst du nicht?«

Meiling nickte nachdenklich. Ja, das war ungewöhnlich, denn ein General des Kaisers war nicht irgendjemand. Warum also jagten sie ihn?

Sie folgten dem Alten auf seiner Flucht vor den Häschern des Kaisers. Er ist listig, stellte Meiling fest. Immer wieder gelang es ihm, die Soldaten abzulenken und in die Irre zu führen. Zuletzt suchten sie sogar in der falschen Richtung nach ihm. Dabei hatte er sich, wie er glaubte, unbemerkt in ein Haus geflüchtet, das ihm offenbar als Versteck diente. Nur Meiling und Cao Pi hatten ihn dabei beobachtet.

Während sich die Soldaten entfernten, weil sie den General ganz woanders vermuteten, näherten sich die Kinder dem Versteck.

»Willst du etwa da hinein?«, fragte Meiling entsetzt.

Cao Pi nickte.

»Und wenn er ein Verbrecher ist, ein gefährlicher Mensch?«

»Ich will ihn fragen, ob er weiß, was mit meinem Vater geschehen sein könnte«, sagte Cao Pi. »Diese Gelegenheit darf ich mir nicht entgehen lassen, verstehst du?«

Meiling verstand nur zu gut. Aber es war ein Risiko, dachte sie.

»Ich werde dich begleiten«, sagte sie mit bebender Stimme.

Gemeinsam betraten sie das Haus, das einen verlassenen, heruntergekommenen Eindruck machte. Im ersten Raum, der bis auf ein wenig Müll leer war, fanden sie niemanden. Dann bemerkten sie einen Vorhang, hinter dem offenbar ein weiteres Zimmer lag. Vorsichtig schoben sie den Vorhang zur Seite. Dahinter befand sich ein kleinerer Raum. Auf einer Matte hockte der General in Gedanken versunken. Aber plötzlich schreckte er auf und starrte die Kinder an. »Was wollt ihr hier? Dies ist mein Haus! Verschwindet!«

Das war sehr unhöflich, befand Meiling. Cao Pi gab sich einen Ruck. »Mein Vater ist Cao Shi aus Pei-Ti. Er gehört zu den tapferen Soldaten des Kaisers und ist kein Unbekannter. Ich kam her, weil ich hoffte, dass ein ehrenwerter General wie Ihr weiß, wo ich meinen Vater finden kann«, sagte Cao Pi und es klang ein wenig traurig.

Der Alte horchte auf. »Ein Mann, der Söhne hat, ist reich«, zitierte er ein altes Sprichwort. Freundlich fuhr er fort: »Kommt, setzt euch zu mir. Zwar suchen mich die Soldaten, aber ich bin kein Verbrecher, ich habe nur einen Befehl des Kaisers missachtet. Aber das soll euch nicht berühren. Mein Name ist Wang Dzien. Ich war bis vor Kurzem noch wichtigster General des Erhabenen. Ich bin es gewesen, der mit sechshunderttausend Soldaten gegen das mächtige Reich Zhao gekämpft hat. Und ich verrate euch was. Tatsächlich ist mir ein Cao Shi aus Pei-Ti bekannt, weil er in diesem Krieg mit dabei gewesen ist.«

»Wirklich?« Cao Pi starrte den Mann mit aufgerissenen Augen an. Der General nickte. »Ich habe viele Jahre lang die große Armee befehligt, die unser Kaiserreich beschützt. Selbstverständlich kenne ich nicht jeden einzelnen Soldaten, aber ich erinnere mich sehr gut an deinen Vater, weil er ein ausgezeichneter Armbrustschütze ist. Selbst aus großer Entfernung trifft er mit seiner Waffe jeden Feind. Wegen seiner Klugheit und seinen Qualitäten, mit Menschen umzugehen, habe ich ihn zum Offizier einer Einheit von fünftausend Schützen ernannt.«

»Könnt Ihr uns sagen, wo wir ihn finden können?«, fragte Meiling, die atemlos zugehört hatte.

Der General schüttelte den Kopf: »Nein, leider nicht. Der Kaiser hat von einem Tag zum anderen alle wichtigen Männer seiner Armee an einen unbekannten Ort versetzen lassen. Angeblich geht es um ein streng geheimes Projekt. Auch ich sollte dorthin geschickt werden, aber ich habe mich geweigert.«

Meiling öffnete den Ledersack und zog die Tonfigur heraus. Als sie diese dem General zeigte, hob der Alte abwehrend die Hände, so als ob er sich davor fürchtete. »Genau das sollte mir auch geschehen!«, rief er entsetzt aus. »Genau das sollte mir auch geschehen! Aber ich will es nicht! Es kann nichts Gutes daraus entstehen!«

Meiling und Cao Pi starrten den Mann an, der anscheinend verrückt geworden war. Das Mädchen verstaute die Tonfigur wieder in ihrem Sack, als wie

HOHER OFFIZIER
ARMBRUST
HELLEBARDE
LANZE
SCHWERT
EINFACHER FUSSSOLDAT

Waffen und Aufgaben der chinesischen Soldaten

Qin Shi Huangdi verfügte über eine gewaltige Armee, die aus 600 000 bis 1 Million Soldaten bestanden haben soll. Ihre wichtigste Waffe war die Armbrust, mit der man 300 Meter weit schießen konnte. Lanzen, Hellebarden sowie Bronzeschwerter gehörten ebenso zu ihrer Ausrüstung. Die Soldaten trugen gepolsterte Unterkleider aus Baumwolle und Leder. Die Helme und Rüstungen bestanden aus Leder und Kalksteinplättchen und wogen 18 Kilo. Die Soldaten kämpften zu Pferde und zu Fuß. Wenn sie ihren Gegner nicht verschonten, erhielten sie vom Kaiser Geld oder Land als Lohn. Wer als Soldat die Flucht ergriff, wurde hingerichtet. Wer sich als besonders tapfer auszeichnete, wurde mit einem höheren Militärrang ausgezeichnet.

aus heiterem Himmel mehrere Soldaten das Haus stürmten.

»Los! Mitkommen!«, brüllte einer der Männer und packte Meiling grob am Arm.

Sie schrie auf vor Schmerz und spürte, wie ihr Tränen in die Augen schossen.

»A… aber … wir haben doch nichts getan!«, stotterte Cao Pi. Die Angst stand ihm deutlich ins Gesicht geschrieben. Meiling schluchzte auf und zitterte am ganzen Leib.

»Ruhe!«, herrschte der Soldat sie an. »Ob ihr unschuldig seid oder nicht, werden wir ja sehen.«

Meiling warf Cao Pi einen verzweifelten Blick zu, doch der zuckte nur hilflos mit den Schultern, während die Soldaten sie wie Verbrecher abführten.

Der General machte ein Zeichen der Beruhigung. »Habt keine Angst. Sie sind hinter mir her! Euch werden sie nichts tun«, flüsterte er.

Das machte die Sache auch nicht besser, dachte Meiling. Was hatten die Soldaten mit ihnen vor?

Ein Grabmal, größer als das Dorf Pei-Ti

»Vorwärts, ihr drei! Macht schon! Wir wollen hier keine Wurzeln schlagen«, herrschten die Soldaten sie an. Dann stießen sie den General und die Kinder in einen Wagen, der von zwei Pferden gezogen wurde. Danach ging es schnell aus Xianyang hinaus. Sie kauerten alle zusammen auf dem Boden.

»Wohin bringen sie uns wohl?«, hauchte Meiling. Cao Pi zuckte die Achseln. »Ich habe keine Ahnung«, sagte er niedergeschlagen.

»Werdet ihr wohl still sein!«, schrie der Mann sie an. »Aber wir wollen doch nur wissen …«, begann Cao Pi.

»Schweigt sofort oder ihr werdet den Stock zu spüren bekommen!«

Das war deutlich genug, dachte Meiling. Hoffentlich würde sich die schlimme Lage bald für sie ändern. Abends gab man ihnen zu essen und zu trinken. Morgens, kurz nach Sonnenaufgang, ging es sofort weiter. Meiling zählte mehr als fünfzig Soldaten, die sie begleiteten. Unmöglich, diesen gut trainierten

Männern zu entkommen. Die Kinder unterdrückten immer wieder aufkommende Panik. Der alte General hatte einen ganzen Tag lang kein Wort geredet. Am Nachmittag des zweiten Tages brach er endlich sein Schweigen.

»Man bringt uns offensichtlich zum heiligen Berg Li, der zwei Tagesreisen von der Hauptstadt entfernt liegt«, sagte er plötzlich.

Cao Pi und Meiling starrten ihn an. »Und was erwartet uns dort?«, wollte der Junge wissen. In seiner Stimme klang Besorgnis mit.

»Der Erhabene lässt dort seit vielen Jahren etwas Gewaltiges bauen. Es soll etwas für die Ewigkeit sein und Hunderttausende von Menschen aus allen Teilen seines großen Reiches wurden dorthin geholt. Sie müssen hart arbeiten und sehr viele Strapazen über sich ergehen lassen. Doch worum es sich bei ihrer Arbeit handelt …«

Der alte General zuckte hilflos die Achseln. »Ich habe keine Ahnung. Wir werden es aber bald zu sehen bekommen, denke ich!«

»Wir wurden gestört, als die Soldaten das Haus stürmten«, begann Meiling vorsichtig. »Ihr sagtet etwas über die Tonfigur, was ich nicht verstehe. Was habt Ihr damit gemeint?«

Aber noch bevor Wang darauf antworten konnte, herrschte sie einer der Soldaten von außerhalb des Wagens an. Mit harten Schlägen traktierte er die Holzwand des Wagens.

»Haltet eure Mäuler da drinnen. Es ist verboten, sich miteinander zu unterhalten! Andernfalls …«

Er ließ offen, was dann geschehen würde. Meiling und Cao Pi rückten ganz eng zusammen. Die Gefahr, in der sie sich befanden, schien nicht kleiner zu werden.

Doch Wang winkte ab. »Die blasen sich immer so auf, glaubt mir«, flüsterten seine Lippen. »Ohnehin geht es mehr um mich als um euch. Sie wollen mich einschüchtern, kleinkriegen, damit ich endlich …«

Er biss sich auf die Zunge. Sein Blick verdüsterte sich. Wang verfiel erneut in Schweigen, doch nach einer Weile sagte er schließlich: »Alles, was ich weiß, ist, dass Qin Shi Huangdi von den Soldaten, die er für seine tapfersten und besten hält, jeweils eine Tonfigur anfertigen lässt. Der Kaiser hat Magier unter seinen Vertrauten, die ihm helfen, seine Macht zu bewahren und noch zu vergrößern. Warum also lässt er Soldaten lebensecht aus Ton anfertigen, wenn nicht aus dem einen Grunde, sich dadurch ihrer Seelen zu bemächtigen? Ich habe mich dagegen als

Einziger gewehrt. Deshalb bin ich geflohen, aber jetzt haben mich seine Soldaten erwischt. Was mich erwartet, ist so klar wie Quellwasser. Was euch erwartet, kann ich nicht sagen. Aber es wird nichts Schlimmes sein, weil ihr ja noch Kinder seid. Ihr wart eben zufällig an Ort und Stelle, als die Männer des Kaisers mich erwischten.«

Er verfiel wieder in Schweigen. Meiling war einerseits erleichtert, da die Entführung offensichtlich einzig dem General galt. Die Soldaten hatten sie und Cao Pi mitgenommen, weil sie zur falschen Zeit am falschen Ort gewesen waren. Andererseits fürchtete sich Meiling davor, was mit dem General geschehen würde … Außerdem war vollkommen ungewiss, wann die Soldaten sie und Cao Pi wieder auf freien Fuß ließen.

»Also ist die Sache mit den Tonfiguren doch Zauberei, wie Hü San glaubt?«, meinte Cao Pi traurig.

»Nein! Auch wenn Wang das vermutet, ich denke nicht so«, antwortete Meiling mit fester Stimme.

»Aber was will der Kaiser mit diesen stummen Kriegern aus Ton anfangen?«, bohrte Cao Pi.

In diesem Moment hielt der ganze Zug an. Jemand schrie Befehle, dann riss ein Soldat die Tür des Wagens auf und zerrte Cao Pi heraus. Das geschah ziemlich grob. Meiling und General Wang folgten. Sie wurden in ein großes Haus geführt und gelangten in einen merkwürdigen Saal. Hier standen auf Tischen ganz viele der Tonfiguren, die ihnen so viel Kopfzerbrechen gemacht hatten. Wohin waren sie nur geraten? In das Reich eines mächtigen Zauberers? General Wang stöhnte hörbar auf.

»Gleich werden wir einen von den gefährlichen Magiern des Kaisers kennenlernen, glaubt mir, Kinder!«, flüsterte Wang. »Es sieht nicht gut aus für uns!«

Meiling und Cao Pi schluckten. Mit schreckensgeweiteten Augen starrten sie die Krieger aus Ton an. Die meisten von ihnen waren so groß wie Menschen. Die kleineren waren anscheinend Modelle wie Onkel Cao Lis Tisch. Ihre bunten Rüstungen waren wie Fischschuppen übereinander angeordnet. Die meisten davon waren Menschen, die noch lebten, wie sie erfuhren.

»Das dort hinten ist Tang Gi. Daneben erkenne ich Hua Dsi aus dem Dorf Dschu«, erklärte der General. »Alle verzaubert. Doch zu welchem Zweck?«

»Zum Zwecke der Ewigkeit, verehrter General Wang Dzien«, vernahmen sie eine Stimme aus dem Hintergrund. Als sie sich umdrehten, erkannten sie einen Mann mit einem pausbäckigen Gesicht, etwas untersetzt, aber mit lebhaften dunklen Augen.

Der Unbekannte schaute sie mit einem strahlenden Lächeln an. »Ich bin Su Tan, bedeutendster Künstler des Erhabenen. Mein Künstlername lautet *Leuchtkraft*. Ich habe das überragende Mausoleum für Qin Shi Huangdi entworfen und ich fertige auch seine gewaltige Armee der stummen Krieger an.«

»Geht es dabei um Zauberei?«, stammelte Cao Pi.

Der Mann schüttelte energisch den Kopf. »Keineswegs, mein Junge. Es geht um die Besten der Besten! Es geht darum, dass diese Soldaten unseren großen Kaiser auf seinem letzten Weg zum Himmel begleiten dürfen. Sobald er gestorben ist, wird Qin Shi Huangdi in sein Grabmal gebracht werden. Mit dabei werden mehr als achttausend Soldaten sein – alle aus Ton gebrannt.«

Er lachte und Meiling fand ihn sympathisch. In diesem Moment betraten drei Soldaten den Raum. Meiling und Cao Pi erkannten zwei von ihnen wieder – sie gehörten zu der Gruppe, die das Versteck des Generals gestürmt hatte. Ob von den Soldaten immer noch Gefahr ausging? Meiling hielt gespannt den Atem an.

»Was sollen wir mit den Kindern machen, verehrter Su Tan? Und will der General endlich einsehen, dass er sich den Befehlen des Kaisers nicht widersetzen darf?«

Su Tan lächelte nachdenklich und antwortete: »Alle drei stehen fortan unter meiner Obhut. Sollten sie Probleme machen, werde ich euch rufen. Aber ich denke, dass das nicht nötig sein wird, oder?«

Er blickte Meiling und Cao Pi an. »Wir suchen nur meinen Vater«, sagte Cao Pi.

»Nicht mehr und nicht weniger«, sagte Meiling. »Wir sind friedlich wie eine Nachtigall, die am Abend singt.«

»Das denke ich auch«, schmunzelte Su Tan. Danach schickte er die Soldaten wieder hinaus.

Meiling deutete auf einen kleinen Tonkrieger: »Warum ist der wie viele andere so klein?«

Su Tan machte eine wegwerfende Bewegung. »Nichts als Modelle. Nach ihnen fertige ich die lebensgroßen Krieger an, die das Grabmal bewachen sollen. Manche Modelle sind mir misslungen. Ich habe sie weggeworfen. Man hat mir den Sack mit der Figur gebracht, den ihr dabeigehabt habt.«

»Es ist mein Vater!«, rief Cao Pi aus. »Wegen ihm und dieser Figur sind wir überhaupt hier! Habt Ihr ihn hier irgendwo gesehen?«

Das Mausoleum des ersten Kaisers

Der erste Kaiser von China wollte in einem mächtigen Grabmal (Mausoleum) beerdigt werden. Das sollte weithin sichtbar sein, damit sich – so seine Vorstellung – die Chinesen auf ewig seiner erinnerten und ihn nach dem Tod verehrten. Zum Bau des pyramidenförmigen Grabmals am Berge Li wurden vor allem Kriminelle herangezogen. Diese wurden nach Fertigstellung hingerichtet, damit sie nichts über die verschiedenen Sicherungen am Grab verraten konnten. Es gab mehrere Kammern, in denen wertvolle Grabbeigaben für den toten Kaiser hinterlassen wurden. Sein eigentliches Grab in der Mitte des Grabhügels wurde seinem Palast in Xianyang nachempfunden. Prächtige Wandmalereien verzieren die Wände der Grabkammer mit dem Sarkophag. In ihm wurde der Kaiser zur letzten Ruhe gebettet.

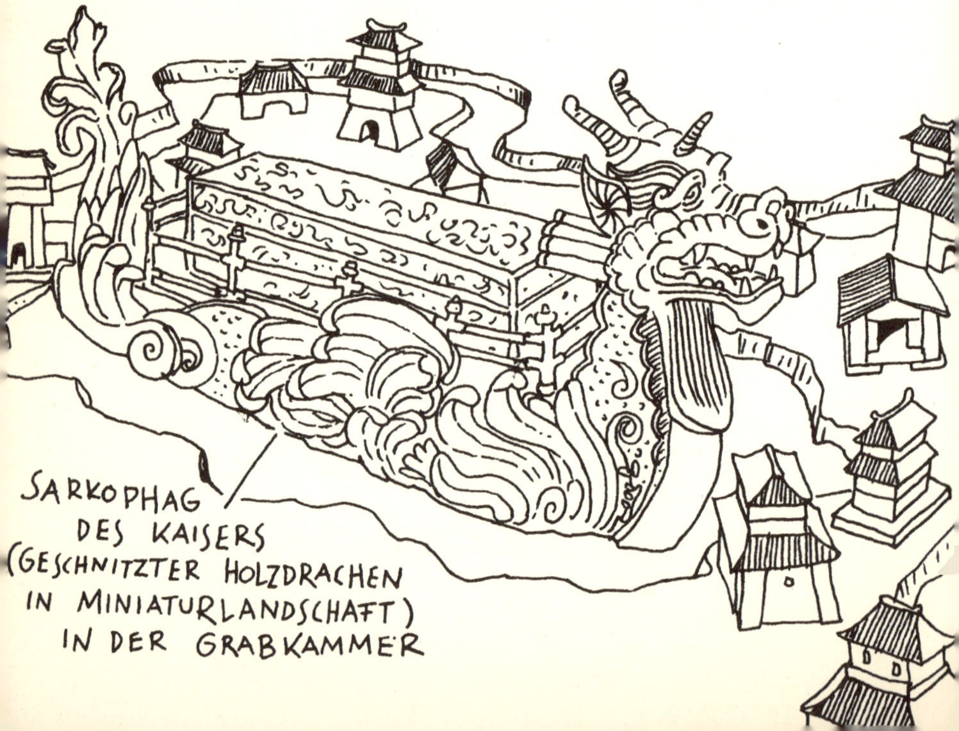

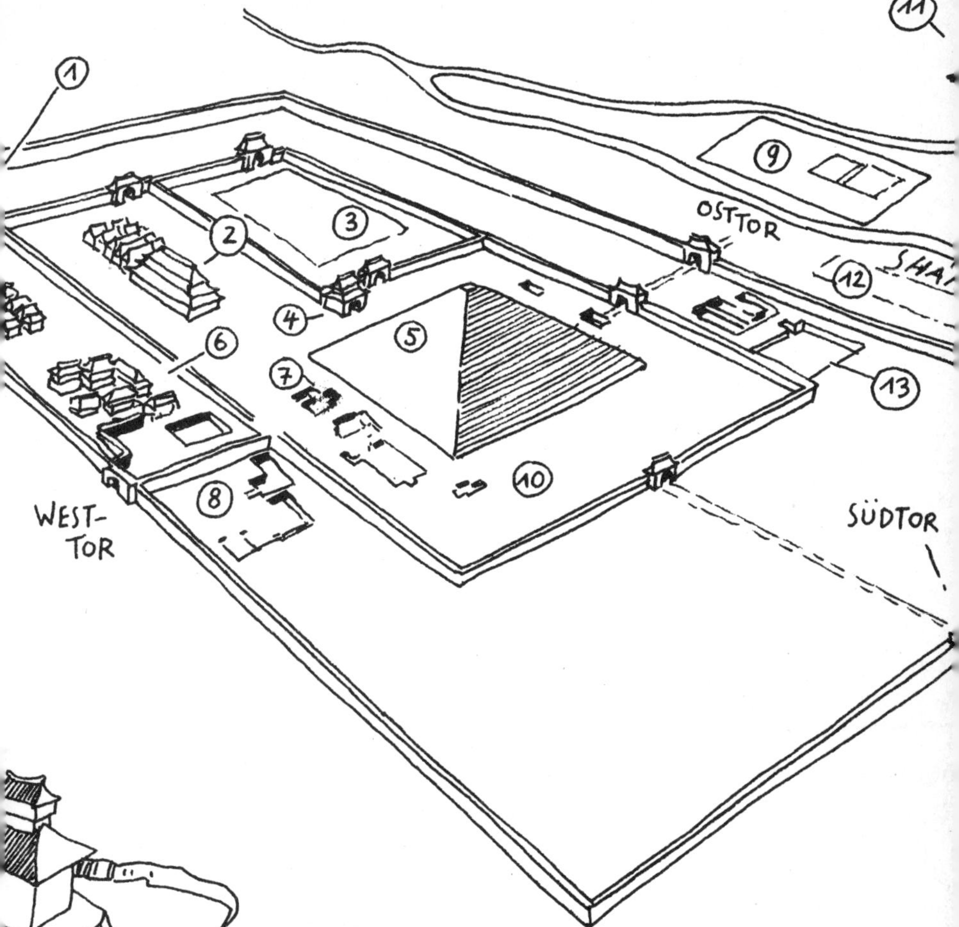

1. VERWALTUNGSTRAKT
2. PRIVATGEMÄCHER DER KAISERLICHEN FAMILIE
3. NEKROPOLE DER KONKUBINEN
4. TEMPEL (FÜR RELIQUIEN) DES KAISERS
5. PYRAMIDE MIT ERDPALAST UND GRABKAMMER
6. BANKETTSAAL
7. MARSTALL
8. MENAGERIE
9. STALLUNGEN
10. FIGUREN DER WICHTIGSTEN BEAMTEN DES KAISERS
11. TERRAKOTTA-ARMEE
12. BEGLEITGRÄBER
13. RÜSTKAMMER

Meiling merkte, wie aufgeregt Cao Pi war.

»Ich erinnere mich sehr gut«, erwiderte Su Tan. »Dein Vater war seinerzeit im Süden des Landes. Ich schickte einen meiner Helfer los, seinen Körper, seine Gesichtszüge im Modell festzuhalten. Vor Ort wurde der Ton in einem kleinen Ofen gebrannt. Aber das Modell wurde beschädigt. So landete es eher zufällig auf einem Feld in der Nähe eures Dorfes. Ähnliches geschah auch mit anderen Figuren, die sich im Nachhinein als beschädigt oder schlecht herausstellten. Ich habe Hunderte von fleißigen Mitarbeitern. Mitunter entscheiden sie sofort, was sie aussortieren müssen.«

»Und das Grabmal ist bald fertiggestellt?«, meldete sich der alte General. Seine Stimme vibrierte vor Aufregung ein wenig.

Su Tan nickte eifrig. »Bald ist es so weit. Bald wird das größte Bauwerk, das jemals in China für einen König oder Kaiser errichtet wurde, beendet sein. Niemand wird seinen Eingang jemals finden können, weil er gut versteckt und gesichert ist.«

»Wie bereits gesagt, wir sind keine Verbrecher, verehrter Künstler Su Tan«, sagte Meiling. »Wir suchen nur Cao Shi.«

»Nun, vielleicht habt ihr Glück und er kommt

heute oder in den nächsten Tagen hier vorbei«, antwortete Su Tan. »Weil das Modell nichts taugt, muss ich persönlich Cao Shi noch einmal porträtieren. Er wird also hierherkommen müssen!«

»Was?«, rief Cao Pi freudig aus. »Mein Vater befindet sich hier am Ort?«

»Das nicht, mein Junge. Er versieht, wie viele gute Soldaten, seinen Dienst an der Großen Mauer weiter im Westen, aber ich habe ihn zu mir beordern lassen. Er wird sich meinem Befehl nicht widersetzen.«

»Bei allen Göttern! Ich kann es kaum erwarten, ihn zu sehen!«, rief Cao Pi. »Was für ein Glück, dass mich die Soldaten des Kaisers gefangen nahmen! Was für ein großes, großes Glück!«

Die Armee der stummen Krieger

Die bedrohliche Atmosphäre hatte sich zur Beruhigung der Kinder und des Generals völlig entspannt. Sie waren keine Gefangenen mehr und man ging gut mit ihnen um. Ohnehin hatte man sie im Versteck des Generals nur gefangen genommen, weil sie gerade dort gewesen waren. Die Soldaten hatten sich wohl aufspielen wollen, dachte Meiling. Aber nun war sie beruhigt. Denn Su Tans Macht und Einfluss waren so stark, dass er die Soldaten anweisen konnte, Meiling, Cao Pi und General Wang als Gäste des Kaisers anzusehen, die unter seinem persönlichen Schutz standen. Su Tan, dessen Künstlername *Leuchtkraft* seine herausragende Stellung bewies, sagte zum General: »Ich werde dir hier alles zeigen und erklären, was du wissen möchtest. Danach entscheide selbst, ob es bei mir mit rechten Dingen zugeht oder nicht.«

General Wang kniff die Lippen zusammen. Meiling wusste, dass er unbedingt herausfinden wollte, worum es dem Kaiser wirklich ging. So ganz traute er dem Frieden wohl nicht. Su Tan, so schätzten ihn mittlerweile die Kinder ein, war sicherlich ein großer Künstler und kein schlechter Mensch. Was er mit seinem Geist ersonnen hatte, was er mit seinen Händen schuf, was andere unter seiner Anleitung herstellten, wirkte auf den ersten Blick wie Magie. Es war aufregend, diese lebensgroßen Figuren aus Ton vor sich zu haben, sie zu berühren, sie von allen Seiten zu betrachten. Meiling hätte sich nicht gewundert, wären die Tonkrieger plötzlich lebendig geworden und einfach losmarschiert.

Mit großem Stolz führte Su Tan die Kinder und den General durch sein künstlerisches Reich. General Wang wurde zusehends nachdenklicher. Su Tan zeigte ihnen die großen Öfen, in denen die Figuren gebrannt wurden. Geschickte Hände hatten sie zuvor aus Ton hergestellt, den Arbeiter vom heiligen Berg Li herbeigeschafft hatten. Eine riesige Armee aus Terrakotta wurde aus diesem Ton geknetet und geformt.

»Terrakotta, das bedeutet *gebackene Erde*«, erläuterte Su Tan seinen drei Zuhörern. Die Kinder lachten darüber, weil es sie an Brot erinnerte.

In einem anderen Teil des Gebäudes saßen Helfer von Su Tan und fertigten zunächst kleine Modelle an, wie die Kinder sie bereits kannten. Alle stummen Krieger schienen ein eigenes Gesicht zu haben. Das war unheimlich, denn genau dadurch wurde die Armee so echt, als könnte sie sich jeden Moment in Bewegung setzen. Cao Pi stieß Meiling leicht in die Seite und zeigte dann auf einen Soldaten, der einem von Su Tans Leuten Modell sitzen musste. Der Künstler saß vor dem Soldaten auf einen Hocker und bildete mit einem Messer die Gesichtszüge seines Gegenübers in Ton ab.

»Werden wirklich alle achttausend Soldaten auf diese Weise verewigt?«, wollte General Wang von Su Tan erfahren. Der schüttelte energisch den Kopf.

»Beim großen Stadtgott von Xianyang. Nein! Anfangs habe ich das vorgehabt, aber jetzt sollen laut des erhabenen Kaisers nur einige der wichtigsten Befehlshaber des Kaisers exakt so dargestellt werden, wie sie im Leben gewesen sind. Dazu gehörst du, ebenso wie Cao Shi, der in seinem Rang bekanntlich weit unter dir steht. Alle anderen Figuren entstehen nach meinen eigenen Vorstellungen.«

Der alte General brummte etwas Unverständliches in seinen Bart. Offenbar brodelte es mächtig in ihm. Ob er die ganze Sache guthieß oder nicht, würde sich noch zeigen, dachte Meiling, die ihn die ganze Zeit über beobachtete. In einer Ecke des Raumes konnte man genau mitverfolgen, wie die großen Tonkrieger, zu denen es kein lebendes Modell gab, gefertigt wurden. Die Kinder interessierte dabei vor allem das Gesicht. Meiling musste über die Vorgehensweise des Künstlers schmunzeln. Auf einem Tisch lagen bereits vorgefertigte Köpfe, Nasen, Schnauzer, Augenbrauen und Ohren in unterschiedlichen Größen und Formen. Diese kombinierte er offensichtlich so, wie es ihm gerade in den Sinn kam. Das Ergebnis war eine bunte Vielfalt verschiedener Gesichtszüge und Köpfe.

Cao Pi deutete auf den fertigen Kopf und fragte Su Tan, der neben ihm stand: »Gibt es diesen Krieger nun wirklich oder nicht?«

Der Künstler, der den Kopf modelliert hatte, lachte und wandte sich dann den Kindern zu. »Der hier erinnert mich an meinen Onkel Chao Ling aus Xian. Der Onkel ist Schweinehirt und humpelt zudem. Als Soldat wäre er völlig untauglich. Aber ich mag ihn sehr. Deshalb habe ich ihn für die Ewigkeit erhalten wollen.«

Er schmunzelte und machte sich daran, die Farben für die Rüstung des Soldaten herauszusuchen. Nach dem Brennen des Tons würde er diese auf die schuppenartige Rüstung auftragen.

»Er darf die Figuren in der Tat so anfertigen, wie es ihm in den Sinn kommt«, ergänzte Su Tan.

»Aber eben nicht jede!«, sagte Meiling und lachte.

»So ist es!«, erwiderte der große Su Tan. Dann deutete er auf einen Mann, der in diesem Moment durch eine Tür hereinkam. »Bei dem Mann dort beispielsweise muss der Künstler seine Fantasie im Zaume halten.«

Die Kinder blickten den Unbekannten erwartungsvoll an.

»Vater! Cao Shi, bist du es wirklich?«, rief Cao Pi – rot vor Aufregung und Freude. Dann rannte er dem Mann entgegen und fiel ihm in die Arme.

»Ja, mein Sohn, ich bin's wirklich. Kein Gespenst!«, konnte dieser noch antworten, bevor ihn Cao Pi beinahe erdrückte. Danach gab es kein Halten mehr für den Jungen.

»Wo kommst du her? Warum hast du dich bei uns nicht gemeldet? Geht es dir gut? Mutter vermisst dich, aber auch Hü San. Welch ein Glück, dass ich dich nun endlich wiederhabe. Beim großen Stadtgott von Xianyang, ist das herrlich! Wir haben uns solche Sorgen gemacht, Vater. Ich musste dich einfach suchen gehen, denn ich habe es nicht länger ausgehalten«, brach es aus Cao Pi hervor.

Die Terrakottaarmee

Im März 1974 entdeckten Brunnenbauer zufällig die ersten stummen Krieger aus Ton. Am Ende hatte man etwa achttausend Terrakottakrieger ausgegraben. Sie alle begleiteten den Kaiser Qin Shi Huangdi auf seiner Reise ins Jenseits. Alle Figuren wurden aus Lehm geformt und durch Brennen in einem Ofen gehärtet. Danach wurden sie mit Farben bemalt, wodurch sie ein lebendiges Aussehen erhielten. Der Unterkörper eines jeden Kriegers ist massiv, damit er stabil stehen kann. Die Oberkörper sind hohl. Sehr oft findet man an ihren Körpern Stempel mit Namen jener Künstler, die sie geschaffen haben. Offiziere und Wagenlenker tragen Helme, die Soldaten komplizierte Haarknoten. Manche Soldaten sind ohne Rüstung. Sie tragen eine Art Mantel mit Gürtel und einen dicken Schal um den Hals. Alle Terrakottasoldaten stehen in Schlachtordnung, so als würden sie gegen einen Feind aufmarschieren. Ihr »Grab« ist ganz in der Nähe des Mausoleums, in dem Kaiser Qin Shi Huangdi ruht.

»Mein Sohn«, sagte Cao Shi und streichelte Cao Pi über den Kopf. »Beruhige dich doch! Jetzt bin ich ja hier und alles ist in Ordnung.«

Cao Shi war ergriffen, als er erfuhr, welche Sorgen sich seine Familie um ihn gemacht hatte. Der Offizier trug eine Rüstung über einer grünen Tunika aus Baumwolle und versteckte sein schwarzes Haar unter einem Lederhelm.

»Konfuzius sei Dank, dass ich dich heil vor mir sehe«, sagte Cao Shi sichtlich bewegt. »Mir geht es überhaupt nicht schlecht. Ich erzähle dir gern alles, aber zuvor will ich den ehrenwerten General Wang begrüßen, einen der wichtigsten Männer in China nach dem Kaiser.«

Cao Shi verbeugte sich tief vor dem alten General. Meiling wusste aus Cao Pis Erzählungen, dass dies eine Ehrerbietung war, die dem hohen Rang im Heer des Kaisers gebührte.

»Die Kinder mussten mich hierher begleiten«, sagte Wang. »Aber nun sehe ich, dass es eine gute Sache gewesen ist.«

»Ja, wir haben meinen Vater endlich gefunden!«, rief Cao Pi begeistert.

»Und wissen endlich, was es mit den seltsamen Tonfiguren auf sich hat«, fügte Meiling hinzu.

Dann begann Cao Shi zu erzählen, wie es ihm ergangen war. Der erhabene Kaiser habe ihn an die Große Mauer versetzen lassen, um dort die Bauarbeiten zu sichern.

»Immer wieder dringen von Norden her Barbaren in unser Land ein und überfallen unsere Dörfer«, erklärte Cao Shi. »Mit meinen Armbrustschützen sichere ich die Grenze unseres Reiches. Deshalb habt ihr so lange nichts von mir gehört oder mich gesehen. Ich konnte einfach nicht in unser Dorf kommen.«

»Und jetzt habe ich deinen Vater zu mir geholt, um sein Gesicht in Ton festzuhalten«, sagte Su Tan.

»Beim ersten Mal hat es ja nicht geklappt«, schmunzelte Meiling. »Andernfalls hätte ich nicht die beschädigte Tonfigur auf dem Feld gefunden!«

»Diesmal wird nichts schiefgehen!«, meinte Su Tan. Dann blickte er fragend zu General Wang.

»Wenn du auch dazu bereit sein solltest, dann würde ich im Anschluss gern dein Gesicht modellieren. Oder denkst du immer noch, ich wollte deine Seele durch einen Zauber bannen?«

Wang brummte erneut etwas in seinen Bart. Aber er schien sich endlich durchgerungen zu haben.

»Ich sitze dir Modell, verehrter Su Tan, ganz wie der Kaiser es von mir wünscht.«

»Darüber freue ich mich sehr. Ihr werdet später zu sehen bekommen, was euch für die Ewigkeit erwartet«, erklärte der Künstler mit leuchtenden Augen.

Nachdem die Gesichtszüge von General Wang und Cao Shi in weichem Ton festgehalten worden waren, führte Su Tan sie aus dem Gebäude hinaus. Dabei umspielte ein wissendes Lächeln seine Lippen. Neugierig folgten ihm seine Gäste. Dabei mussten sie ein ziemliches Stück Weg zurücklegen. Zuletzt standen sie vor einer riesigen rechteckigen Grube, die Arbeiter ausgehoben hatten. Und darin stand wie zum Kampf bereit die lebensgroße Armee der stummen Krieger mit ihren Armbrustschützen, ihren Schwertkämpfern, mit ihren Pferden und Streitwagen. Alles aus Ton, Holz, Stein und Farbe gefertigt. Jeder Truppenteil war durch Erdwälle von den Reihen der anderen Soldaten getrennt. Es war ein überwältigender Anblick. Meiling, Cao Pi, seinem Vater und dem General verschlug es einfach die Sprache. Meiling starrte auf die atemberaubende Terrakottaarmee. *Alles für einen Toten, der noch lebt!* Der namenlose Mönch im Wald hatte tatsächlich Wahres gesprochen.

Das Geheimnis des zweigeteilten Tigers

Einen Tag später brachen Meiling und Cao Pi zusammen mit Cao Shi zur Großen Mauer auf. Nahe dem Dorf Bau Shu befehligte Cao Shi eine Einheit von fünftausend Armbrustschützen. Von dort aus sollten die Kinder zurück nach Pei-Ti reisen – allerdings wollte Cao Shi ihnen zwei seiner Soldaten als Begleitung mitgeben. Nachdem er als Terrakottakrieger in Ton modelliert worden war, durfte Cao Shi zu seinen Männern zurückkehren. General Wang kehrte nach Xianyang zurück.

Cao Shi holte sein Pferd aus dem Stall. An die Kinder gewandt sagte er: »Ihr zwei müsst euch ein Pferd teilen.«

»Ist uns recht«, sagte Cao Pi. »Solange wir nicht zu Fuß gehen müssen …«

Auf dem Weg nach Bau Shu ging Meiling noch einmal das unglaubliche Bild von der riesigen Armee der stummen Krieger durch den Sinn.

»Diesen Anblick werde ich mein Leben lang nicht vergessen«, sagte sie.

»Su Tan ist wahrlich ein großer Künstler«, sagte Cao Shi voller Bewunderung. »Ich selbst habe viel Ungewöhnliches im Reich des Kaisers gesehen, aber so etwas Gewaltiges ist mir noch nie untergekommen.«

»Wie gerne würde ich doch meinen Freunden von dem Grabmal erzählen«, sagte Meiling traurig.

Cao Pi nickte bestätigend. »Und ich erst mal! Aber wir dürfen leider nicht. Su Tan hat es uns strikt verboten.«

»Schade!«, erwiderte Meiling. »Achttausend Soldaten aus Ton halten Wache und alle sehen aus, als wären sie lebendig. Unfassbar! So etwas muss man doch seinen Freunden und der Familie im Dorf erzählen!«

»Nein, das werdet ihr nicht tun!«, warnte sie Cao Shi. »Su Tans Befehl ist unbedingter Gehorsam zu leisten. Niemandem sollt ihr jemals mitteilen, was eure Augen sehen durften.«

Die Kinder nickten traurig. Su Tan war freundlich zu ihnen gewesen, keine Frage, hatte sie zudem vor weiteren groben Handlungen der Soldaten bewahrt. Doch was das Grabmal anging, so galt die Schweigepflicht darüber für jeden, denn der Kaiser ließ alle hinrichten, die anfingen zu schwatzen. Das war eine nur zu deutliche Warnung gewesen. Cao Shi blickte sie aufmerksam an.

»Wir schwören zu schweigen wie das Grab«, versprachen Meiling und Cao Pi.

Das schien Cao Shi zufriedenzustellen. »Ihr müsst wissen, dass der Kaiser überall in seinem Reich seine Spitzel hat. Brecht ihr euer Schweigen, wissen diese Männer es schneller, als ein Falke durch die Luft auf sein Opfer herabschießt«, erklärte Cao Shi.

Spät am Abend erreichten sie Bau Shu. Das kleine Dorf erinnerte Meiling und Cao Pi an ihr eigenes. Sie wurden etwas wehmütig, als sie am Dorfbrunnen vorbeikamen. Der Platz um die wichtige Wasserstelle glich dem ihres Dorfes.

»Als wären wir heimgekehrt!«, rief Meiling aus.

Cao Pi deutete auf einen Tempel, der sich am oberen Ende des Platzes erhob. »Sicherlich der Tempel des weisen Kong-Fu-Zi. Bei uns im Dorf steht gleich daneben das Haus des Vertreters des erhabenen Kaisers. Ob das hier auch so ist?«

»Hier ist es ganz genauso, mein Sohn«, sagte Cao Shi lächelnd. »Dieses Dorf gleicht unserem wirklich verblüffend. Deshalb habe ich mich hier auch von Anfang an wohlgefühlt. Wir besuchen als Erstes

Chinesische Erfindungen

Kaiser Qin Shi Huangdi besaß findige Männer. Nicht nur, dass sie die Armbrust tausend Jahre früher als die Europäer erfanden – die Chinesen entwickelten auch ein Messgerät (Seismograf) zur Bestimmung von Erdbeben, waren das erste Volk mit einem Fluggerät und ließen bereits lange vor Kaiser Qin Shi Huangdi Drachen aus Papier in die Luft steigen. Ferner erfanden die Chinesen eine Angelrolle, mit der man hervorragend Fische fangen konnte. Für das Heck von Schiffen wurde das Heckruder entwickelt, mit dem sich nun mal besser steuern lässt – eine geniale Idee, auf die wir Europäer erst um 1180 n. Chr. kamen.

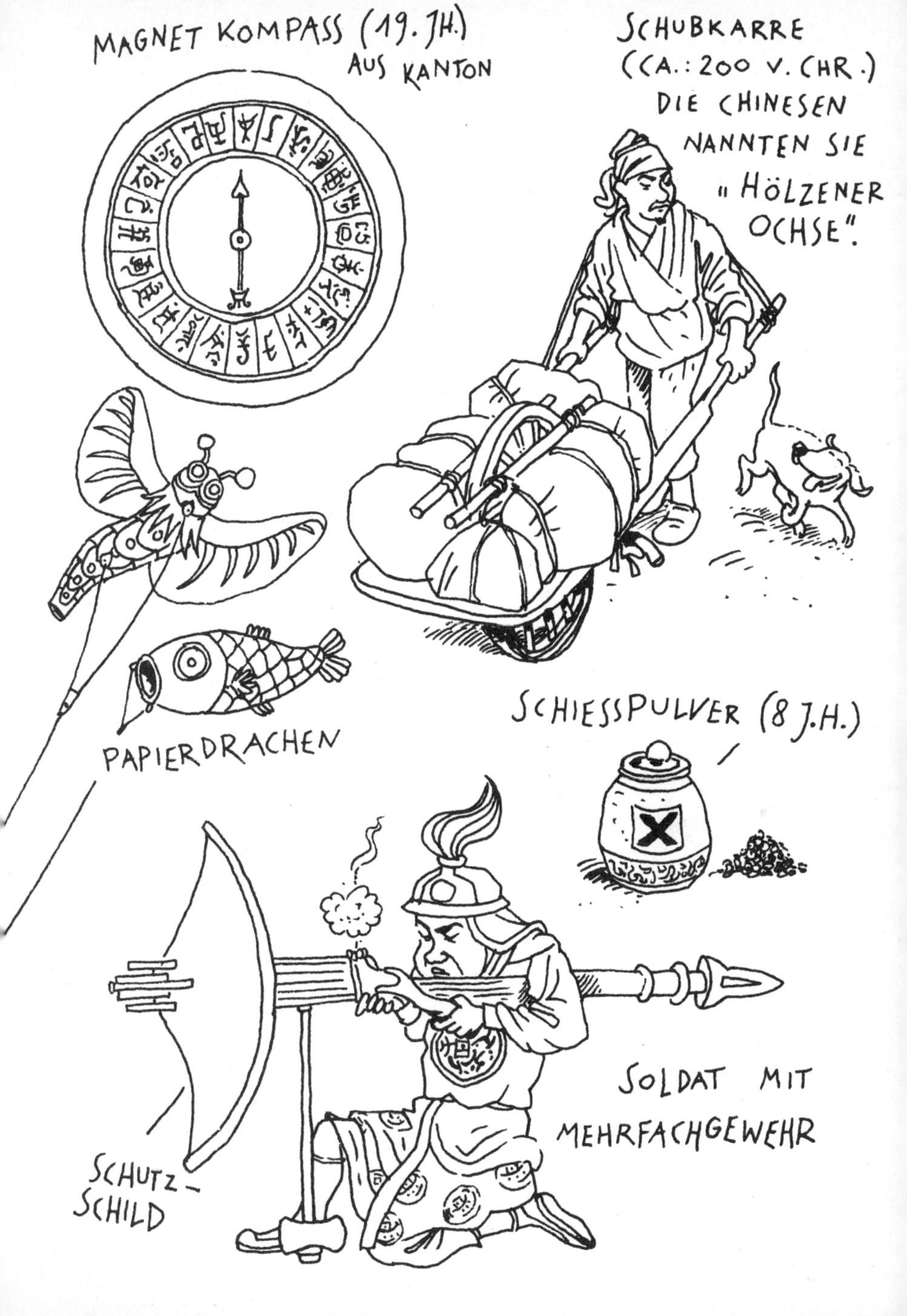
MAGNET KOMPASS (19. JH.)
AUS KANTON
SCHUBKARRE
(CA.: 200 V. CHR.)
DIE CHINESEN
NANNTEN SIE
„HÖLZENER
OCHSE".
PAPIERDRACHEN
SCHIESSPULVER (8 J.H.)
SOLDAT MIT
MEHRFACHGEWEHR
SCHUTZ-
SCHILD

Kua Fu, den Beamten des Kaisers. Vielleicht hat er neue Nachrichten oder Befehle für mich.«

Kurz darauf hatten sie dessen Haus erreicht und baten, eintreten zu dürfen. Meiling blickte überrascht zum Hausdach hinauf. Dort flatterte eine große bunte Papierlibelle in der Luft. So etwas hatte sie noch nie gesehen. Cao Pi zeigte ans andere Ende des Daches: »Dort schwebt ein Drache. Man kann deutlich seinen geschuppten roten Leib sehen. Wunderbar!«

Was für ein Mann mochte hier wohnen, der solche ausgefallenen Dinge besaß?

Kua Fu war ein Glatzkopf mit listigen Augen und einem weißen langen Kinnbart. Als sie eintraten, legte er einen blauen, mit kleinen Symbolen verzierten Papierschirm aus der Hand. Noch so etwas Merkwürdiges, dachte Meiling. Kua Fu sah aus wie ein Weiser, aber er blickte so verschlagen wie eine Ratte.

»Tretet nur ein in mein bescheidenes Haus. Ihr seid mir herzlich willkommen«, hauchte der hiesige Vertreter des Kaisers. Seine Stimme klingt dünn und schmierig, befand Meiling. Dann wandte er sich an Cao Shi: »Ich hörte, du hast gute Geschäfte in

Xianyang gemacht. Deshalb bist du doch vor Tagen so eilig dorthin aufgebrochen, nicht wahr? Wir hier zitterten um deine baldige Rückkehr, weil der Feind niemals schläft. Er kommt, uns zu berauben, und du denkst bloß an deine Geschäfte, Cao Shi. Ist das nicht schändlich?«

Er lachte, als hätte er einen Scherz gemacht. Cao Shi antwortete nicht. Die Kinder ahnten, dass er dem Beamten nicht die Wahrheit über den Grund seiner Abwesenheit gesagt hatte. Wahrscheinlich überlegte er sich gerade eine gute Antwort, dachte Meiling.

»Lief nicht so gut für mich, verehrter Kua Fu«, erwiderte Cao Shi nach kurzem Schweigen. Der Glatzkopf lächelte zufrieden. Dann wandte sich der Beamte einem rot lackierten Tischchen zu, das hinter ihm stand. Dort griff er nach einem merkwürdigen Teil aus Bronze und sagte: »Ein Bote des Kaisers hat ihn vorgestern gebracht. Nimm und prüfe! Schließlich ist er nur für dich gedacht!«

Zuerst konnten die Kinder nicht erkennen, worum es sich dabei handelte. Dann fiel ihnen auf, dass der Beamte Cao Shi das bronzene Vorderteil eines Tigers reichte. Was soll das?, dachte Meiling verblüfft. Cao Shi wusste offenbar, was es mit der Tigerhälfte auf sich hatte. Aus einem Beutel, in dem er wichtige

Dinge verwahrte, kramte er nun das Hinterteil eines Tigers hervor. Meiling sah, dass beide Tigerhälften hohl waren. Cao Shi nahm den halben Tiger, den er von Kua Fu erhalten hatte, und presste ihn auf die Hälfte seines Tieres. Beide Tigerhälften passten haargenau zusammen. Cao Shi lächelte zufrieden. Dann legte er seine Tigerhälfte beiseite. Im Innern der anderen Tigerhälfte befand sich ein Brief mit dem Siegel des Kaisers. Cao Shi zerbrach das Siegel und zog danach das flache Bambusholz heraus. Es war ein längliches Stück, knapp zwei Finger breit, und auf seiner Rückseite war eine Botschaft des erhabenen Kaisers geschrieben. Cao Shi las den Text und wurde blass.

Die längste Mauer der Welt

Cao Shi, Meiling und Cao Pi verließen das Haus des höchsten Beamten des Dorfes und machten sich auf den Weg zum Lager der Soldaten. Es war nicht mehr weit entfernt. Cao Shi hatte weder Kua Fu noch Meiling oder seinem Sohn erzählt, welche Botschaft ihm Qin Shi Huangdi übermittelt hatte. Trotzdem hatten die Kinder Cao Shi angesehen, dass es nichts Gutes gewesen war.

»Ihr werdet heute Nacht im Lager an der Großen Mauer schlafen. Euer Rückweg führt ohnehin dort vorbei. Morgen früh werden euch wie besprochen zwei meiner Männer nach Pei-Ti zurückbegleiten«, sagte Cao Shi unterwegs zu den Kindern. »Ihr seid schon viel zu lange von zu Hause fort.«

»Ich freue mich riesig auf unser Dorf«, sagte Meiling.

Cao Pi aber wollte unbedingt herausfinden, was es mit der Botschaft des Kaisers auf sich hatte. »Ein, zwei Tage könnten wir doch sicherlich noch bei dir bleiben, Vater, oder etwa nicht?«

»Nein! Könnt ihr nicht!«, lautete Cao Shis Antwort.

»Weil wir dich stören?«

»Nein, Cao Pi, nicht weil ihr mich stört, sondern weil deine Mutter, aber auch dein Vater, Meiling, sich um euch sorgen. Zudem ist es an der Grenze nie ganz sicher«, antwortete Cao Shi.

»Aber der erhabene Kaiser hat die sechs feindlichen Königreiche doch besiegt und zu einem einzigen Großreich China vereinigt! Wo also sollten Gefahren für uns drohen?«, bohrte Cao Pi.

»Schluss jetzt! Ich will es so!«, knurrte sein Vater. »An der Grenze zu unseren Nachbarn ist es niemals ungefährlich. Das ist mein letztes Wort in dieser Sache. Ihr kehrt morgen wieder zurück!«

Meiling guckte Cao Pi an und nickte zustimmend. »Dein Vater bestimmt, was wir tun sollen. Es ist mir recht so!«

Kurz nach Sonnenaufgang wurden Meiling und Cao Pi geweckt. Ein Soldat brachte ihnen etwas gebratenen Reis mit Sojasprossen und stellte ihnen einen Krug mit Wasser hin. Die Kinder gähnten und reckten sich. Dann erhob sich Meiling als Erste von ihrem Schlafplatz.

Sie hatten am frühen Abend das Lager an der Großen Mauer erreicht. Kleine Häuser, eilig aus Bambus hergestellt, dienten den Soldaten als Unterkunft. Mehr als fünftausend gut ausgebildete Armbrustschützen und über zwanzigtausend Bauern versahen an diesem Abschnitt der Grenze ihren Dienst. Die Bauern waren durch einen Befehl des Kaisers aus den umliegenden Dörfern und auch von weiter hierhergebracht worden, wie Cao Shi den Kindern erzählt hatte. Ihre Aufgabe bestand darin, an der Großen Mauer weiterzubauen. Die Soldaten bewachten die Männer, die sich im Ernstfall gegen Eindringlinge nicht hätten verteidigen können. Cao Shi hatte den Kindern erklärt, dass er hier noch längere Zeit Dienst haben würde. Der Weiterbau der gewaltigen Mauer ging nur sehr mühsam voran.

Die beiden Kinder hatten im Haus von Cao Shi geschlafen. Nun stärkten sie sich mit dem, was ihnen angeboten wurde. Der Befehlshaber der fünftausend Soldaten war früher als sie selbst aufgestanden. Er wollte alles für die baldige Abreise der Kinder organisieren. Sie wussten, dass eine kleine Wegstrecke an der Großen Mauer vorbeiführte, und hofften, dass Cao Shi ihnen einen Teil davon zeigte. Als er wieder zurückkam, lächelte Cao Pi seinen Vater lieb an und säuselte: »Wenn wir schon an der Großen Mauer vorbeikommen, können wir sie uns doch wenigstens auch mal ansehen, oder? Damit ich Mutter davon erzählen kann, wo du arbeitest.«

Nach einer kurzen Pause sagte Cao Shi: »Einverstanden! Aber nicht lange. Euer Weg führt dann umgehend nach Hause!«

Cao Pi lässt einfach nicht locker, dachte Meiling und staunte, wie raffiniert er war. Sie selbst interessierte es natürlich auch brennend, was es mit der geheimnisvollen Großen Mauer auf sich hatte.

»Macht euch zur Abreise fertig. Esst genügend Reis, denn euer Weg zurück nach Pei-Ti ist lang. Bis zur Großen Mauer werde ich euch noch begleiten.«

Meiling freute sich darüber. Sie packte einige Lebensmittel in ihren Sack und holte noch einmal die Tonfigur daraus hervor.

Cao Pi lachte und meinte: »Was hat dieses Ding uns bloß für Sorgen bereitet! Von Zauberei war die Rede! Von üblen Dingen, die dir zustoßen sollen, Vater.«

Meiling lachte nun ebenfalls. »Dem Himmel sei Dank, dass der dunkle Raum, von dem Cao Pis Mutter geträumt hat, nur für die stummen Krieger ist. Kein Lebender soll dort hineingesteckt werden. Wir haben die Grube ja schließlich mit eigenen Augen gesehen!«

»Es ehrt euch, dass ihr euch große Sorgen um mich gemacht habt«, lobte sie Cao Shi. »Ein Vater darf sich glücklich schätzen, dessen Sohn sich auf einen gefahrvollen Weg macht – nur um herauszufinden, ob er seinem Vater in der Not beistehen kann. Ich danke dir dafür, mein Sohn, aber auch deiner tapferen Freundin! Doch nun müsst ihr zurückkehren, denn auch im Dorf warten sie schon lange auf euch!«

Das war sicherlich so, dachte Meiling. Und was sie dann alles zu erzählen haben würden!

Auf dem Weg zur Großen Mauer überlegte Meiling, wie der Inhalt der Botschaft lautete, die Cao Shi erhalten hatte. Sie wusste, dass sich Cao Pi, der vor ihr auf dem Pferd saß, dasselbe fragte. Aber sie wusste auch, dass Cao Shi es ihnen vermutlich niemals verraten würde. Ob unmittelbar Gefahr drohte? Es klang schon eigenartig, dass Cao Shi als Grund für ihre sofortige Rückkehr die unsichere Lage an der Grenze genannt hatte. Dabei wirkte alles so friedlich. Die Große Mauer zeichnete sich deutlich am Horizont ab: davor weites Grasland. Was bereitete Cao Shi so sehr Sorge, dass er allem Anschein nach unruhiger wurde, je näher sie der steinernen Grenze kamen? Niemand würde diesen drei bis vier Mann hohen Wall überwinden können, überlegte Meiling. Zudem gab es Türme, die in regelmäßigen Abständen errichtet worden waren. Sie überragten die Mauer um ein Vielfaches. Oben auf der Plattform standen Wachen, deren scharfe Augen den ganzen Tag über gegen Norden gerichtet waren. Von dort drohte offenbar Gefahr.

Als sie eine kurze Rast einlegten, bei der Cao Shi mit einigen seiner Soldaten redete, ergab sich für die Kinder unverhofft eine Gelegenheit, mehr zu erfahren. Offenbar war Cao Shi beim Abstieg von seinem Pferd der Bambusbrief des Kaisers aus einer Falte seines Umhangs gefallen. Der Brief lag nun auf dem Boden. Meiling entdeckte ihn zuerst, traute sich aber nicht, ihn aufzuheben. »Pst«, machte sie in Cao Pis Richtung und deutete auf den Brief.

Ohne zu zögern hob Cao Pi das beschriebene Holz vom Boden auf. Gemeinsam lasen sie die Nachricht des erhabenen Kaisers.

Gefahr im Verzug! Die Xiongnu wurden bei Sung gesichtet. Erreichen schon bald Bau Shu. Unbedingt aufhalten oder besiegen!

Das war eindeutig!

»Wir sind in Gefahr!«, sagte Meiling und schluckte. »Dein Vater hat recht. Hier ist es nicht sicher für uns.«

Cao Pi war ebenfalls blass geworden. In diesem Augenblick bemerkte Cao Shi sie und erkannte, was sie in Händen hielten.

»Habt ihr mich etwa bestohlen?«

»Nein, haben wir nicht, verehrter Cao Shi. Der Brief lag auf der Erde. Du musst ihn verloren haben.«

»So ist es gewesen! Meiling sagt die Wahrheit«, bestätigte Cao Pi seinem Vater. Der runzelte nachdenklich die Stirn und wurde eine Spur freundlicher: »Dann wisst ihr ja endlich, weshalb ihr nicht länger hierbleiben dürft. Die Xiongnu sind ein Nomadenvolk, aufsässig, brutal, und sie verstehen es ausgezeichnet zu kämpfen. Sie leben hinter der Großen Mauer in den baumlosen Ebenen. Diese Männer kennen keine Gnade. Was sie vor die Pfeile ihrer Bogen bekommen, das töten sie unweigerlich«, erklärte Cao Shi.

»Sollen wir besser sofort weiterreiten?«, fragte Meiling mit zitternder Stimme. Cao Pi verdrehte die Augen: »Als ob uns die Soldaten meines Vaters nicht beschützen könnten! Kein Feind kann unserem Land gefährlich werden, nicht wahr, Vater?«

»So ist es, Meiling! Cao Pi hat recht. Trotzdem ist es mir lieber, wenn ihr diese Gegend so schnell wie möglich verlasst. Aber dazu müssen wir erst an jenem Teil der Großen Mauer vorbei, wo es noch eine Lücke gibt. Habt ihr diese hinter euch gebracht, geht es auf sicherem Weg zurück nach Pei-Ti.«

»Eine Lücke in der Mauer?«, fragte Meiling. Aber Cao Shi gab ihr keine Antwort darauf. Eine Lücke, dachte Meiling, hört sich beunruhigend an.

Als sie die Große Mauer kurze Zeit später erreichten, waren Meilings Sorgen jedoch schnell vergessen. So etwas Gewaltiges hatte sie noch nicht gesehen.

»Guck dir das an!«, sagte sie zu Cao Pi.

»Riesig!«, antwortete er ebenso beeindruckt. »Dicker als die Mauern vom Kaiserpalast in Xianyang! Da dürfte doch kein einziger Feind mehr durchkommen!«

»Leider gibt es noch einige Lücken in der Mauer«, erklärte Cao Shi. »Wie ihr seht, sind die Arbeiter gerade dabei, sie zu schließen ... es wird noch einige Jahre dauern, aber dann ist die Mauer wirklich sicher.«

Cao Shi berichtete, dass die Bauern gerne bei der Arbeit halfen, weil sie die Überfälle durch die Reiterhorden aus dem Westen so sehr fürchteten.

»Die Arbeiter nehmen für den Weiterbau jedes Material, das sie am Ort vorfinden«, erklärte Cao Shi. »Das können Steine, Baumstämme, aber auch Sand, Lehm, Schilf oder Kies sein.«

»Und die Türme?«, fragte Meiling.

»Sie sind besonders wichtig«, erwiderte Cao Shi. »Bogen- oder Armbrustschützen sichern von dort oben den jeweiligen Abschnitt der Mauer. Aber die Soldaten geben auch durch Fahnen, Trommelwirbel oder Signalfeuer Nachrichten an den nächsten Turm zu ihrer Rechten oder Linken weiter.«

Wie auf Kommando war plötzlich heftiger Trommelwirbel zu hören. Dieser kam von einem Turm ganz in ihrer Nähe. Meiling dachte zunächst, dass es sich um eine Übung oder dergleichen handelte, doch dann sah sie, dass Cao Shi blass wurde. »Das hat nichts Gutes zu bedeuten«, stammelte er. »Ihr müsst euch sofort verstecken! Ich muss euch allein lassen, denn es ist etwas passiert.« Augenblicklich ritt er davon, weil das Signal verriet, dass seine Soldaten nach ihm verlangten.

»Wo sollen wir denn hin?«, fragte Meiling aufgeregt. Cao Pi deutete auf einen Felsen in ihrer Nähe. »Schnell! Da hoch!« Sie stiegen hastig die kleine Anhöhe hinauf und suchten Schutz, nachdem sie ihr

Pferd an einem Busch festgemacht hatten. Meiling spürte einen eiskalten Schauer über ihren Rücken laufen. Cao Pi griff ihre Hand und drückte sie sanft.

»Hab keine Angst«, sagte er. »Mein Vater wird nicht zulassen, dass uns etwas geschieht. Als Soldat kennt er die Gefahr, die uns hier droht, und weiß, was dagegen zu tun ist.«

»Aber man sieht ja gar nicht, was überhaupt los ist«, sagte Meiling und unterdrückte ein Schluchzen.

Auf einmal vernahmen die Kinder heftiges Pferdegetrappel. Cao Pi zeigte Richtung Mauer. »Dort! Sieh nur! Die Soldaten meines Vaters kommen herbeigeritten. Bei allen Göttern des Himmels! Sind das viele!«

Als würden sie jeden Tag nichts anderes tun, begaben sich die Armbrustschützen des Kaisers ruhig und gelassen in Position auf die freie Fläche zwischen den beiden Mauerteilen. Sie waren bestens ausgerüstet und ließen sich nicht aus der Ruhe bringen.

»Jeder von ihnen schießt mit seiner Waffe irrsinnig weit«, sagte Cao Pi bewundernd. Meiling fragte sich, warum die Soldaten keine Angst zu haben schienen, während sie sich ganz diszipliniert in mehreren Reihen hintereinander aufstellten.

Sie selbst zitterte am ganzen Körper und hoffte, dass der Spuk bald vorbei war.

Wie aus dem Nichts tauchten plötzlich Reiter am Horizont auf.

»Da kommen sie!«, rief Meiling. Die Kinder hielten den Atem an. Wie eine mächtige Welle des Meeres gegen das Ufer anrennt, so donnern die Xiongnu über die Ebene auf sie zu, dachte Meiling. Doch die Soldaten blieben ruhig und gelassen.

»Warum unternehmen sie denn nichts?«, fragte Meiling panisch. Cao Pi kaute nervös auf seiner Unterlippe.

»Schau nur, Meiling!«, sagte er. »Sie kämpfen mit einer speziellen Technik gegen den Feind.«

Meiling konnte sehen, dass sich die erste Reihe der Armbrustschützen erhoben hatte, während die restlichen Reihen hinter ihnen knien blieben. Die Reiterhorde näherte sich jetzt schnell. Sie wollten mit ihren Bogen schießen, sobald sie noch näher an die Soldaten des Kaisers herangekommen waren. Aber die reagierten jetzt auf ein Kommando ihres Befehlshabers Cao Shi: Die erste Reihe der Soldaten schoss nun ihre Pfeile ab. Diese rasten den Angreifern entgegen. Kaum waren die Pfeile verschossen, duckte sich die erste Reihe vor den hinter ihr stehenden Rei-

Die Große Chinesische Mauer

Nachdem aus dem Norden immer wieder überraschend Mongolen und Tartaren wie die Xiongnu in China einfielen, befahl Qin Shi Huangdi im Jahre 221 v. Chr. den Bau einer gewaltigen Mauer. Daraufhin bauten 300 000 Soldaten und 500 000 Bauern eine ca. 5000 Kilometer lange Mauer. Diese war allerdings erst um 220 n. Chr. fertiggestellt. Weitere 170 Jahre wurde diese Mauer verbessert und verlängert, bis sie am Ende 8856 Kilometer lang und im Schnitt 8 Meter hoch war. Die Große Chinesische Mauer führt im Norden Chinas durch weite Ebenen und über schroffe Bergrücken. Sie ist so gewaltig, dass man sie sogar vom Weltraum aus sehen kann.

hen. Diese schossen nun, ebenfalls der Reihe nach, während die jeweils vorderen neue Pfeile nachluden. Kaum hatte die letzte Reihe geschossen, konnte die erste Reihe erneut schießen.

Meiling war so überrascht, wie routiniert die Soldaten kämpften und wie schnell alles ablief, dass sie ihre Angst vergaß und erleichtert feststellte, dass ihnen keine Gefahr drohte. Cao Shi und seine Soldaten hatten alles im Griff. Die Angreifer hatten nicht die geringste Chance. Cao Pi lachte plötzlich auf und rief: »Ha! Sie haben genug von unseren tapferen Männern! Sieh nur! Sie verziehen sich wieder!«

Tatsächlich! Meiling war froh zu sehen, wie die Angreifer in alle Richtungen von der Großen Mauer davonliefen. Sie waren geschlagen! Erleichtert und unverletzt verließen die Kinder ihr Versteck.

»Habe ich dir doch gesagt, Meiling, dass mein Vater niemals zulassen wird, dass uns auch nur ein einziges Haar gekrümmt wird«, sagte Cao Pi stolz. Meiling nickte erleichtert.

»Aber ich fand es dennoch ganz schön aufregend. Zum Glück ist nun alles vorbei. Jetzt will ich nur noch nach Hause!«

Cao Shi kam auf seinem Pferd zu ihnen geritten. Auch er wirkte erleichtert.

»Das war eindrucksvoll!«, lobte Cao Pi seinen Vater.

»Trotzdem hätte ich euch vorhin lieber zu Hause als hier gehabt«, antwortete Cao Shi ernst. »Diese Xiongnu sind schneller an diese Stelle der Großen Mauer gelangt, als ich gedacht hatte. Aber wir konnten sie zurückschlagen. Das ist seit Längerem meine Aufgabe, Cao Pi. Jetzt weißt du, warum ich nicht mehr so wie früher öfter nach Hause kommen kann.«

»Wir kehren jetzt heim!«, meldete sich Meiling zu Wort. »Und werden allen im Dorf erzählen, wie tapfer du bist. Alle werden sie stolz auf dich sein!«

»Und das dumme Gerede wird auch ein Ende haben«, fügte Cao Pi hinzu.

Cao Shi lachte und sagte dann: »Die Bauern werden sich noch mehr anstrengen, die Lücke zwischen den beiden Mauerteilen zu schließen. Arbeiten sie schnell genug, ist meine Aufgabe hier schon bald erledigt. Dann komme ich nach Pei-Ti und schließe meine Lieben endlich wieder in die Arme.«

Dann verabschiedeten sie sich herzlich voneinander.

»Was soll ich Mutter und Großmutter von dir ausrichten?«, fragte Cao Pi.

»Sage ihnen, dass es mir gut geht und dass ich

meine Arbeit hier gerne erledige. Sie sollen sich keine Sorgen um mich machen. Ich werde diesen Kampf dem Kaiser in Xianyang melden. Wenn er mit mir zufrieden ist, bekomme ich vielleicht etwas Zeit geschenkt. Dann sehen wir uns alle sehr schnell wieder.«

»Ich werde Mutter diese schöne Nachricht mitteilen«, versprach der Junge mit leuchtenden Augen. »Und freue mich, wenn du endlich wieder bei uns bist.«

Er lachte und winkte mit dem Sack, in dem noch immer die Tonfigur steckte. »Bis dahin habe ich dich ja als Figur aus Ton.«

Wenig später setzte sich ein kleiner Trupp, bestehend aus den Kindern und zwei Soldaten, in Bewegung. Die Soldaten dienten nicht so sehr als Schutz vor möglichen Gefahren, sondern waren vielmehr als Kundige, die den Weg zurück ins Dorf Pei-Ti kannten, mit ihnen unterwegs. Was hätte Großmutter ihr jetzt gesagt, nachdem alles vorbei war, durchfuhr es Meiling? Vermutlich: *Über Vergangenes mache dir keine Sorge, dem Kommenden wende dich zu.* Sie lachte laut und drückte ihre Schuhspitzen sanft in die Weichen des Pferdes.